# परों को खोल

## शकील आज़मी

संकलन एवं संपादन : सचिन चौधरी

MANJUL

मंजुल पब्लिशिंग हाउस

MANJUL

**मंजुल पब्लिशिंग हाउस**

*कॉरपोरेट एवं संपादकीय कार्यालय*

द्वितीय तल, उषा प्रीत कॉम्प्लेक्स, 42 मालवीय नगर, भोपाल-462003

*विक्रय एवं विपणन कार्यालय*

सी-16, सेक्टर 3, नोएडा, उत्तर प्रदेश - 201301, इंडिया

वेबसाइट : www.manjulindia.com

*वितरण केन्द्र*

अहमदाबाद, बेंगलुरू, भोपाल, कोलकाता, चेन्नई,
हैदराबाद, मुम्बई, नई दिल्ली, पुणे



यह संस्करण 2017 में पहली बार प्रकाशित
चतुर्थ आवृत्ति 2024

संकलन एवं संपादन : सचिन चौधरी

**ISBN 978-81-8322-795-7**

मुद्रण व जिल्दसाज़ी : रेप्रो इंडिया लिमिटेड

शकील आज़मी इस पुस्तक
के लेखक होने की नैतिक ज़िम्मेदारी वहन करते हैं

• • •

शकील आज़मी की पैदाइश 20 अप्रैल 1971 को सहरिया, आज़मगढ़ (उत्तर प्रदेश) में हुई। उनकी माँ का नाम सितारुन्निसा ख़ान और पिता का नाम वकील अहमद ख़ान है।

शकील आजकल मुम्बई में रहते हैं। बचपन से ही शायरी ने शकील को अपना लिया था। उन्होंने अपनी पहली ग़ज़ल 1984 में लिखी, तब उनकी उम्र मात्र 13 वर्ष थी। 1994 में सूरत में एक बड़ा मुशायरा हुआ जिसमें उन्हें पहली बार अपनी शायरी पढ़ने का मौक़ा मिला। उस मुशायरे में बहुत से दिग्गज शायर थे, जैसे जावेद अख़्तर, निदा फ़ाज़ली और बशीर बद्र। उस मुशायरे में शकील को बेहद पसंद किया गया।

फिर क्या था, शकील आज़मी की शायरी का सफ़र परवान चढ़ने लगा। उन्हें बड़े-बड़े मुशायरों में बुलाया जाने लगा। उनकी शायरी की ख़ुशबू धीरे-धीरे पूरे हिन्दुस्तान से होती हुई सरहद के पार तक पहुँचने लगी। उन्हें विदेशों में भी बुलाया जाने लगा। अमेरिका, कैनेडा, दुबई, बरहीन, आबूधाबी, क़तर, मसक़त और न जाने कितने मुल्कों के सुनने वाले उनकी शायरी के दीवाने होते गए।

उनकी पहली किताब *धूप दरिया* (1996) में आई जो उर्दू में थी। उसके बाद उर्दू में उनकी कई किताबें आईं और *परों को खोल* हिन्दी में प्रकाशित उनकी पहली किताब है। उन्होंने कई फ़िल्मों में गीत भी लिखे हैं। उन्हें पहला मौक़ा *वो तेरा नाम था* (2004) फ़िल्म में कुक्कू कोहली ने दिया। उसके बाद फ़िल्मों में लिखने का सिलसिला लगातार जारी है।

शकील आज़मी की शायरी में एक ताज़ाकारी है। उनके यहाँ दूसरों से हटकर बात करने का ख़ास सलीक़ा है जो उनको पढ़ने और सुनने वालो को अपना बना लेता है।

शकील आज़मी को मैंने सबसे पहले *वाह-वाह क्या बात है* टी.वी. सीरियल के स्टेज पर देखा और सुना। फिर मैंने उनसे बातचीत की और इस तरह दोस्ती का सिलसिला शुरू हुआ। मैं शकील आज़मी का एक बड़ा क़द्रदान हूँ और मुझे ख़ुशी है कि मुझे उनकी शायरी पर काम करने का मौक़ा मिला।

**सचिन चौधरी**
संकलनकर्ता

# मैं और मेरी शायरी

शायरी का जन्म भावनाओं से होता है और भावनाएँ पैदा होती हैं जीवन के आस-पास के उन तत्वों के स्वभाव और बरताव से जो शायर के जीवन में कभी जाने और कभी अनजाने में प्रवेश करते हैं। ये तत्व प्रेम बनकर व्यक्ति के मन में खिलते और शरीर में महकते हैं, खुशी बन कर चेहरे पर मुस्काते और खिलखिलाते हैं, पीड़ा बनकर आँखों से आँसू की तरह बहते हैं, क्रोध बनकर ज़बान पर गाली की तरह आते हैं और कभी-कभी अपनी सीमा लाँघकर हाथापाई, लाठी-डंडा, तलवार और बन्दूक़ तक पहुँच जाते हैं। भावनाएँ जब सीमा पार करती हैं तो व्यक्ति शायर नहीं होता, वो एक साधरण मनुष्य या आम आदमी होता है।

शायर की पीड़ा उसकी आँखों में आँसू बनकर नहीं आती बल्कि उसकी क़लम में रौशनाई का काम करती है। शायर अपने क्रोध को जी कर शायरी बनाता है और उसे जज़्बात के गीले शब्दों में काग़ज़ पर लिखता और सावन की रिमझिम फुहारों की तरह मन के होंटों से गुनगुनाता है। यदि शायर और आम आदमी के बीच का ये फ़र्क़ मिट जाये और आम आदमी भी शायर के स्तर पर आ जाए तो संसार की सारी भाषाएँ खत्म हो जाएँगी, सिर्फ़ एक भाषा प्रचलित होगी जिसका नाम मुहब्बत है।

शायरी का जन्म उन तस्वीरों से भी होता है जो शायर की अपनी नहीं होतीं लेकिन इन तस्वीरों के रंग शायर की आँखों में जमकर क़तरा-क़तरा उसके हृदय सागर में टपकते हैं और जीवन के रंगों में मिलकर उसके अपने हो जाते हैं। ये रंग कभी राष्ट्रीय स्तर पर दंगों में जलते हुए शह्र और राख होते हुए मासूम इन्सानों के होते हैं तो कभी अन्तर्राष्ट्रीय स्तर पर कुछ शक्तिशाली और ज़ालिम देशों के हाथों बनाए गए हिरोशिमा और नागासाकी, इराक़, अफ़ग़ानिस्तान और फ़िलिस्तीन के भी होते हैं। युद्ध देश में हो या देश के बाहर ख़ून तो इन्सानों का ही बहता है और शायर हिन्दू, मुसलमान, सिख, ईसाई, यहूदी या पारसी के घर में पैदा होने के बावजूद अपनी ज़ात में एक ऐसे मज़हब का निर्माण करता है, जिसकी बुनियाद इन्सानियत की ज़मीन पर रक्खी जाती है। उसकी आत्मा ईश्वर की कुदरत और उसकी वहदानियत की तलाश में सफ़र करती है, उसकी इस धार्मिकता का सफ़र न तो किसी के धर्म के दायरे को तोड़ने का लोभ रखता है और न ही किसी की आस्था

को चोट पहुँचाने की साज़िश करता है। शायर की ये रूहानी यात्रा उस मुक़ाम से शुरू होती है जहाँ पहुँचकर तमाम रास्ते एक हो जाते हैं -

खुदा का नाम लिखा है तमाम चेहरों पर
मिरे लिए तो हर इक आदमी मुहब्बत है

चाहे गीता में या क़ुरान में हो
गुफ़्तगू प्यार की ज़बान में हो

महेश भट्ट की बहुचर्चित फ़िल्म *नज़र* में संगीतकार रूपकुमार राठोड़ के साथ मैंने एक सूफ़ी गीत लिखा था जो फ़िल्म की हीरोइन मीरा और जोगन का किरदार अदा कर रही नीना गुप्ता पर फ़िल्माया गया था। फ़िल्म की शूटिंग के दौरान जब महेश भट्ट पाकिस्तान गए तो वहाँ उन्होंने मीडिया को मेरा गीत यह कहकर सुनाया था कि यह गीत कोई हिन्दुस्तानी गीतकार ही लिख सकता था। गीत की चंद पंक्तियाँ इस तरह हैं -

श्याम की बन्सी पर मैं झूमूँ
शंकर के डमरू पर नाचूँ
करूँ मैं अल्लाह-अल्लाह
बोलूँ मैं मौला अली-अली
मैं जोगन बन गई
मिरी भक्ति है सिंगार मिरा
यही यार मिरा यही प्यार मिरा
मिरे रोम-रोम में राम बसे
मन मीरा में घनश्याम बसे
मिरे लब पर हरदम हरी-हरी
मैं बोलूँ मौला अली-अली
मैं जोगन बन गई

मेरे अन्दर का शायर अपने अड़ोस-पड़ोस, घर, घर के बाहर, सरहद और सरहदों के पार जहाँ तक देखता है, जहाँ तक महसूस करता है, वहाँ तक अपनी शायरी में सफ़र करता है और इस सफ़र के दृश्य अपनी शायरी के माध्यम से आपको दर्शाता है -

**तोड़ दो तो भी सच ही बोलेगा**
**आइना कब किसी से डरता है**

मेरे अन्दर का शायर बाज़ार की तिजारत से लेकर देश की सियासत तक के हंगामों से प्रभावित होता है। मेरे अन्दर का शायर घरेलू रिश्तों की गंभीरता से लेकर दोस्तों की बैठकों में होने वाले हँसी मज़ाक़ तक, मशीनों, कारखानों, कारोबार और बाज़ार में जीवन को चलाने वाले साधनों तक रोज़मर्रा से जुड़ी हुई घटनाओं और छोटी-छोटी बातों से प्रेरणा लेता है और उनके ताने-बाने से अपनी शायरी के लिए लिबास बुनता है। मेरे अन्दर का शायर जब प्रेमभाव में होता है तो चाँद में उसे प्रेमिका का चेहरा दिखाई देता है -

**चाँद को ऐसे तकता हूँ**
**जैसे तेरा चेहरा हो**

और जब वो भूका होता है तो वही चाँद उसे आसमान पर थाली की तरह नज़र आता है -

**भूक में इश्क़ की तहज़ीब भी मर जाती है**
**चाँद आकाश पे थाली की तरह लगता है**

जिस तरह मौसम बदलते हैं, उसी तरह इन्सान की तबीअ़त भी बदलती है, मौसम और इन्सान के मिज़ाज के साथ दोस्ती-दुश्मनी भी बदलती है, रिश्तों के रंग हल्के और गहरे भी होते रहते हैं, घर तोड़कर नए बनाए जाते हैं, गाँव, कस्बों और शहरों के नाम, नक्शों, रास्तों और मन्ज़िलों की दिशाओं में परिवर्तन आता है। खुशी और ग़म, धूप और छाँव ज़िन्दगी का हिस्सा हैं। ज़िन्दगी और समाज के

इस नित-नए बदलाव से मेरे अन्दर का शायर भी प्रभावित होता है और मेरी शायरी भी –

कोई भी ग़म हो बहुत देर तक नहीं रहता
मुहब्बतों में बिछड़ कर भी लोग जीते हैं

इस बदलती हुई दुनिया और आपके मिज़ाज से मैं और मेरी शायरी कितना मेल रखते हैं, मुझे आपसे ये जानने की लालसा रहेगी।

आपका, शकील आज़मी

# शकील आज़मी की पुस्तकें, सम्मान व फ़िल्मों के लिए लिखे गए गीत

## उर्दू में पुस्तकें

धूप दरिया (1996)
एश-ट्रे (2000)
रास्ता बुलाता है (2005)
ख़िजाँ का मौसम रुका हुआ है (2010)
मिट्टी में आसमान (2012)
पोखर में सिंघाड़े (2014)

## अवॉर्ड

गुजरात गौरव अवॉर्ड, गुजरात उर्दू साहित्य अकादमी (2012)
कैफ़ी आज़मी अवॉर्ड, कैफ़ी आज़मी अकादमी, लखनऊ (2007)
गुजरात उर्दू साहित्य अकादमी अवॉर्ड (1996-2000-2005-2010-2012)
उत्तर प्रदेश उर्दू साहित्य अकादमी अवॉर्ड (1996-2005-2014)
बिहार उर्दू साहित्य अकादमी अवॉर्ड (2005-2010-2012-2014)
महाराष्ट्र उर्दू साहित्य अकादमी अवॉर्ड (2010-2014)

## फ़िल्में

मदहोशी, ज़िद, ज़हर, तुम बिन - 2, 1920 : ईविल रिटर्न्स, हॉन्टेड, ई एम आई, नज़र, वो लम्हे, धोखा, लाइफ एक्सप्रेस, तेज़ाब (द एसिड ऑफ़ लव), करले प्यार करले, इश्क़ के परिन्दे, शोबिज़, थ्री, वो तेरा नाम था, धूम धड़ाका, यू आर माय जान, या रब, लख़नवी इश्क़, पहली नज़र का प्यार, ट्रंप कार्ड, और अन्य फ़िल्मों के अलावा कई टी.वी. धारावाहिकों के साथ गीतों व ग़ज़लों के अनेक प्राइवेट एलबम।

# ग़ज़लें

ग़ज़ल नीमबेहोशी के मौसम में जन्म लेती है और इसी मौसम की फ़ज़ा में खिलती और महकती है, होश की दख़्लअन्दाज़ी इस बहार में पतझड़ का काम करती है। उर्दू शायरी में ग़ज़ल सबसे नाज़ुक और मुश्किल विधा है, नाज़ुक इन मानों में कि अल्फ़ाज़ के चयन और उनके इस्तेमाल में ज़रा सी भी चूक ग़ज़ल के हुस्न को बिगाड़ देती है, मुश्किल इसलिए कि बरसों की रियाज़त और पूरे इन्वॉल्वमेंट के बग़ैर ये क़ाबू में नहीं आती। ग़ज़ल उस ख़ूबसूरत औरत की तरह है जो मर्द से भरपूर मुहब्बत चाहती है, अगर शायर ग़ज़ल का ध्यान न रक्खे, उसके नाज़ न उठाए तो ग़ज़ल शायर से ऐसे रूठती है कि महीनों बात नहीं करती। इस रूठी हुई महबूबा को मनाना आसान काम नहीं होता क्योंकि कई बार तो ये शायर को छोड़कर भी चली जाती है, और वो भी हमेशा के लिए।

—शकील आज़मी

## 1

कहीं कोई है जो नब्ज़े-दुनिया चला रहा है वही ख़ुदा है
जो हो के ग़ायब कमाल अपने दिखा रहा है वही ख़ुदा है

अंधेरी रातों के आँचलों में जो झिलमिलाता है नूर बनकर
जो चाँद तारों से आसमाँ को सजा रहा है वही ख़ुदा है

सहर की महकी हुई फ़ज़ा में सुनहरे सूरज का ताज पहने
जो वादियों पे गुलों की चादर बिछा रहा है वही ख़ुदा है

ये चहचहाते हुए परिन्दे इबादतों में हैं जिसकी शामिल
दरख़्त सजदे में जिसके सर को झुका रहा है वही ख़ुदा है

ग़िज़ाएँ[1] पहुँचा रहा है गहरे समुन्दरों में जो मछलियों को
चमकते मोती जो सीपियों में बना रहा है वही ख़ुदा है

जो बन के बादल ज़मीं पे बरसे, ज़मीं को सींचे, उगाए सब्ज़े[2]
जो कच्ची फ़सलों को धूप बनकर पका रहा है वही ख़ुदा है

कभी पहाड़ों की चोटियों से, कभी समुन्दर के साहिलों से
बग़ैर बोले जो अपनी जानिब बुला रहा है वही ख़ुदा है

1. खुराक 2. हरियाली

## 2

ख़ुद को इतना भी मत बचाया कर
बारिशें हों तो भीग जाया कर

काम ले कुछ हसीन होंटों से
बातों-बातों में मुस्कुराया कर

दर्द हीरा है दर्द मोती है
दर्द आँखों से मत बहाया कर

चाँद लाकर कोई नहीं देगा
अपने चेहरे से जगमगाया कर

धूप मायूस लौट जाती है
छत पे कपड़े सुखाने आया कर

कोई तस्वीर कोई अफ़साना
कुछ न कुछ रोज़ ही बनाया कर

कौन कहता है दिल मिलाने को
कम से कम हाथ तो मिलाया कर

## 3

अपनी मन्ज़िल पे पहुँचना भी, खड़े रहना भी
कितना मुश्किल है बड़े होके बड़े रहना भी

मसलेहत[1] से भरी दुनिया में ये आसान नहीं
ज़िद भी कर लेना उसी ज़िद पे अड़े रहना भी

तेज़ आँधी में इसे मोजज़ा[2] समझा जाए
इन दरख़्तों का ज़मीनों में गड़े रहना भी

दिल हो नाराज़ तो ख़ुशियों पे असर पड़ता है
हर घड़ी ठीक नहीं ख़ुद से लड़े रहना भी

फ़ास्ला करके कभी शहर के हँगामों से
अच्छा लगता है यूँ ही घर में पड़े रहना भी

काश मैं कोई नगीना नहीं पत्थर होता
क़ैद जैसा है अँगूठी में जड़े रहना भी

1. समझौता 2. चमत्कार

## 4

परों को खोल ज़माना उड़ान देखता है
ज़मीं पे बैठके क्या आसमान देखता है

जो चल रहा है निगाहों में मन्ज़िलें लेकर
वो धूप में भी कहाँ साएबान देखता है

खंडर में किसको महल की तलाश ले आई
ये कौन रुक के मिरी आन-बान देखता है

यही वो शह्र जो मेरे लबों से बोलता था
यही वो शह्र जो मेरी ज़बान देखता है

मिला है हुस्न तो इस हुस्न की हिफ़ाज़त कर
संभल के चल तुझे सारा जहान देखता है

कनीज़ हो कोई या कोई शाहज़ादी हो
जो इश्क़ करता है कब ख़ानदान देखता है

घटाएँ उठती हैं बरसात होने लगती है
जब आँख भरके फ़लक को किसान देखता है

मैं जब मकान के बाहर क़दम निकालता हूँ
अजब निगाह से मुझको मकान देखता है

## 5

मर के मिट्टी में मिलूँगा, खाद हो जाऊँगा मैं
फिर खिलूँगा शाख पर आबाद हो जाऊँगा मैं

तेरे सीने में उतर आऊँगा चुपके से कभी
फिर जुदा होकर तिरी फ़रियाद हो जाऊँगा मैं

बार-बार आऊँगा मैं तेरी नज़र के सामने
और फिर इक रोज़ तेरी याद हो जाऊँगा मैं

अपनी ज़ुल्फ़ों को हवा के सामने मत खोलना
वरना ख़ुश्बू की तरह आज़ाद हो जाऊँगा मैं

तेरे जाने से खंडर हो जाएगा दिल का नगर
छोड़कर मत जा मुझे बरबाद हो जाऊँगा मैं

## 6

हर घड़ी चश्मे-ख़रीदार[1] में रहने के लिए
कुछ हुनर चाहिए बाज़ार में रहने के लिए

ऐसी मजबूरी नहीं है कि चलूँ पैदल मैं
ख़ुद को गरमाता हूँ रफ़्तार में रहने के लिए

मैंने देखा है जो मर्दों की तरह रहते थे
मस्ख़रे बन गए दरबार में रहने के लिए

अब तो बदनामी से शोहरत का वो रिश्ता है, कि लोग
नंगे हो जाते हैं अख़बार में रहने के लिए

जीतना सिर्फ़ इलेक्शन ही नहीं काफ़ी है
जंग इक और है सरकार में रहने के लिए

शाख़े-गुल छोड़ के क्या जाने हमें क्या सूझी
आ गये साय-ए-तलवार में रहने के लिए

थक गया मैं तो मिरे साथ सितारे लेकर
रात आई दरो-दीवार में रहने के लिए

1. ग्राहक की नज़र में

## 7

सवेरे निकलूँ मैं शाम आऊँ तो घर चलाऊँ
पसीना जाकर कहीं बहाऊँ तो घर चलाऊँ

ज़रूरतों की तमाम चीज़ें हैं उस किनारे
मैं बहते दरिया के पार जाऊँ तो घर चलाऊँ

जहाँ पे मरता हूँ रोज़ जीने के वास्ते मैं
वहीं से ख़ुद को बचा के लाऊँ तो घर चलाऊँ

ये दाएरा है जो रोज़ो-शब[1] का, इसी में रहकर
यहाँ-वहाँ से मैं कुछ बचाऊँ तो घर चलाऊँ

सभी सवालों की गठ्रियों में पड़ी हैं गाँठें
मैं अपने नाख़ुन ज़रा बढ़ाऊँ तो घर चलाऊँ

बहुत है मुश्किल सुनह्रे गेहूँ को रोटी करना
कहीं ख़रीदूँ कहीं पिसाऊँ तो घर चलाऊँ

किचन से स्कूल तक का चक्कर है भारी पत्थर
ये भारी पत्थर अगर उठाऊँ तो घर चलाऊँ

---

1. दिन और रात

ये मेरी बीवी ये मेरे बच्चे जो मेरे दुख हैं
इन्हीं दुखों को मैं सुख बनाऊँ तो घर चलाऊँ

उठाके काँधे पे माल अपना फिरूँ नगर भर
मैं बस्तियों में सदा लगाऊँ तो घर चलाऊँ

हज़ार शह्रों की ख़ाक छानी मिला न कुछ भी
अब अपने खेतों में हल चलाऊँ तो घर चलाऊँ

## 8

कहीं खोया ख़ुदा हमने कहीं दुनिया गंवाई है
बड़े शहरों में रहने की बड़ी क़ीमत चुकाई है

वो दोनों साथ चलना चाहते थे दूर तक लेकिन
मुहब्बत करने वालों के मुक़द्दर में जुदाई है

हमें देखो कि मर कर किस तरह ज़िन्दा बचे हैं हम
जहाँ तन्हा हुए थे हम वहीं महफिल सजाई है

न लफ़्ज़ों में न तस्वीरों में देखी थी कभी हमने
गली-कूचों ने चलते-फिरते जो सूरत दिखाई है

कभी तो नूर फैलेगा तिरे काग़ज़ से दुनिया में
लिखे जा जब तलक तेरे क़लम में रोशनाई है

## 9

तन-मन डोले, बर्तन बोले, छन-छन करता तेल है पैसा
घर से बाहर तक की दुनिया जो भी है सब खेल है पैसा

हर महफ़िल में हाथ मिलाए, चेहरे पर मुस्कान सजाए
सबकी यारी कारोबारी सब का सबसे मेल है पैसा

असली को नकली करता है, नक़ली को असली करता है
ऊँची कुर्सी पर बैठा है लेकिन बारह फ़ेल है पैसा

जेब में आकर आँख दिखाए, मूँछ बढ़ाए, ताव धराए
लाठी खड़के, गोली तड़के, थाना-चौकी-जेल है पैसा

छोटे धन्दे भी शहरों में बड़ी कमाई कर लेते हैं
दही-कचौरी, वड़ा, समोसा, पानीपूरी, भेल है पैसा

लाख छुपाओ छुप न पाए, राज़ ये आख़िर खुल ही जाए
दीवारों से खुश्बू आए, घर पर चढ़ती बेल है पैसा

तेरा है न मेरा है ये सदियों से इक फेरा है ये
इस स्टेशन उस स्टेशन आती जाती रेल है पैसा

## 10

तुझसे बिछड़ के तेरी वफ़ा के बग़ैर भी
मैं साँस ले रहा हूँ हवा के बग़ैर भी

मैं जी गया जो तेरे बिना तो अजब है क्या
ज़िन्दा हैं कितने लोग ख़ुदा के बग़ैर भी

दस्ते-तलब[1] उठाया मगर कुछ नहीं कहा
माँगा है मैंने तुझको दुआ के बग़ैर भी

ऐसा भी कितनी बार हुआ इन्तेज़ार में
दरवाज़ा खुल गया है सदा[2] के बग़ैर भी

मैं रो रहा था और कोई रन्ज भी न था
बरसात हो रही थी घटा के बग़ैर भी

कुछ लोग जुर्म करके भी आज़ाद हैं 'शकील'
हमको सज़ा मिली है ख़ता के बग़ैर भी

---

1. माँगने वाला हाथ 2. आवाज़

## 11

प्यार मिल जाता है, चाहत नहीं मिलती सबको
दोस्ती में भी मुहब्बत नहीं मिलती सबको

सैकड़ों जाते हैं दरवाज़े पे दस्तक देकर
दिल में आने की इजाज़त नहीं मिलती सबको

सिर्फ़ मरने से अदा होती नहीं रस्मे-वफ़ा
मौत के बाद भी जन्नत नहीं मिलती सबको

चन्द हीरों को ही मिलता है चमकने का नसीब
काम सब करते हैं शोहरत नहीं मिलती सबको

आइने सबने दुकानों में सजा रक्खे हैं
आइनों के लिए सूरत नहीं मिलती सबको

देखने वाले बहुत कम हैं पसे-मन्ज़र[1] तक
आँख मिल जाती है हैरत नहीं मिलती सबको

कोशिशें करके भी नाकाम कई होते हैं
एक जैसी यहाँ क़िस्मत नहीं मिलती सबको

दिल को दिल्ली की तरह जीतना पड़ता है 'शकील'
ये हुकूमत है हुकूमत नहीं मिलती सबको

---

1. दृश्य के पीछे

## 12

ख़ुद को दुख देना, उजड़ना मिरी मजबूरी है
ज़िन्दगी तुझसे बिछड़ना मिरी मजबूरी है

टूटते रिश्ते की पोशाक का धागा हूँ मैं
अब बुनाई से उधड़ना मिरी मजबूरी है

मैं अकेला कई लोगों से नहीं लड़ सकता
इसलिए ख़ुद से झगड़ना मिरी मजबूरी है

वरना मर जाएगा बच्चा ही मिरे अन्दर का
तितलियाँ रोज़ पकड़ना मिरी मजबूरी है

कहाँ मिट्टी का दिया और कहाँ तेज़ हवा
जलते रहना है तो लड़ना मिरी मजबूरी है

रास्तों से भी तअल्लुक़ है मिरा घर जैसा
साथ वालों से पिछड़ना मिरी मजबूरी है

मेरा साया ही मिरे पौधों का दुश्मन ठहरा
अपनी मिट्टी से उखड़ना मिरी मजबूरी है

मैं बना ही था किसी रोज़ बिगड़ने के लिए
सो किसी रोज़ बिगड़ना मिरी मजबूरी है

## 13

छत दुआ देगी किसी के लिए ज़ीना बन जा
डूबता देख किसी को तो सफ़ीना बन जा

रूह तो पहले से ही पाक मिली है तुझको
दिल भी कर साफ़ ज़रा और मदीना बन जा

ज़िन्दगी देती नहीं सबको सुनहरे मौक़े
तुझको अँगूठी मिली है तो नगीना बन जा

शौक़ ख़ुश्बू में नहाने का बहुत है जो तुझे
आ मिरे जिस्म से मिल मेरा पसीना बन जा

आ किसी रोज़ मिरे दर्द को बादल करने
और मिरी आँखों में बारिश का महीना बन जा

## 14

हर भीड़ का मैं हिस्सा, मैं आम आदमी हूँ
रहता हूँ फिर भी तन्हा मैं आम आदमी हूँ

मुझपर ही पाँव रखकर जाते हैं सब गुज़रकर
मन्ज़िल का हूँ मैं रस्ता मैं आम आदमी हूँ

रहता हूँ थोड़ा-थोड़ा सबकी कहानियों में
मेरा न कोई क़िस्सा मैं आम आदमी हूँ

सबका हूँ आइना मैं फिर भी हूँ बेनिशाँ मैं
मेरा न कोई चेहरा मैं आम आदमी हूँ

लेकर मिरी किताबें, देदी गईं शराबें
ख़ाली है मेरा बस्ता मैं आम आदमी हूँ

सबकी है अपनी मस्जिद, मस्जिद के सब ख़ुदा हैं
करना है मुझको सजदा मैं आम आदमी हूँ

फुटपाथ से महल तक, हर खुर्दुरी ग़ज़ल तक
बनता हूँ मैं तमाशा मैं आम आदमी हूँ

## 15

दिल भी इक गहरा कुआँ है झाँक कर सीने में देखो
ख़ुद को पहले कुछ समझ लो फिर मज़ा जीने में देखो

मन्ज़रों को ज़िन्दा रखना चाहतों पर मुन्हसिर[1] है
क़ैद कर लो आँखों में फिर मुझको आईने में देखो

मैं तुम्हारा लगता क्या हूँ मत करो अन्दाज़ा इसका
मैं तुम्हारा कितना हूँ ये अपने तख़्मीने[2] में देखो

हौसले से होती है तय हर बड़ी-छोटी बुलन्दी
तुममें कितना हौसला है पहले ही ज़ीने[3] में देखो

ऐसे-वैसे लोगों में क्या गुफ़्तगू और क्या शराबें
हममिज़ाजों की हो महफिल तो मज़ा पीने में देखो

खुर्दुरी ग़ज़लों को कैसे रेशमी कर देता हूँ मैं
ये हुनरमन्दी मिरे लहज़े[4] के पश्मीने[5] में देखो

1. निर्भर 2. अनुमान 3. सीढ़ी 4. स्वर 5. रेशमी ऊनी कपड़ा

## 16

बहुत फैला हूँ घटना चाहता हूँ
मैं बिखरा हूँ सिमटना चाहता हूँ

हज़ारों साल से ख़ामोश हूँ मैं
मुझे छेड़ो मैं फटना चाहता हूँ

खड़ा हूँ पेड़ बनकर रास्ते में
मुझे काटो मैं कटना चाहता हूँ

मुझे ऐ ज़िन्दगी बाँहों में ले ले
मैं तुझसे फिर लिपटना चाहता हूँ

जहाँ पहुँचा हूँ काफ़ी मुश्किलों से
उसी मन्ज़र से हटना चाहता हूँ

कहाँ से आ गया हूँ मैं कहाँ तक
यहाँ से अब पलटना चाहता हूँ

## 17

पलट के देखा तो वो था न उसका साया था
किसी ने मुझको बहुत दूर से बुलाया था

यही फ़लक है कि जिस पर कभी हमारे लिये
तमाम रात कोई चाँद जगमगाया था

फिर उसके बाद मैं तनहा रहा, उदास रहा
ज़रा सा मुझको किसी का ख़याल आया था

उसी को सोच के रोई हैं बारहा आँखें
उसी को देख के इक बार मुस्कुराया था

ये ग़म निकलता नहीं मेरे जानो-दिल से कभी
जिसे मैं अपना समझता था वो पराया था

भरम भी रख न सका मेरी सादगी का वो
मैं जान-बूझ के जिससे फ़रेब खाया था

मिले थे घर के दरीचे भी साज़िशों में 'शकील'
हवा ने मेरे चरागों को जब बुझाया था

## 18

मेरी बुनियाद[1] को तामीर[2] से पहचाना जाय
मुझको उजलत[3] नहीं ताख़ीर[4] से पहचाना जाय

मैं कई शक्ल में रहता हूँ बदन पर अपने
मेरा चेहरा मिरी तहरीर[5] से पहचाना जाय

कोई समझे मिरी ख़ामोश निगाहों की सदा
दर्द मेरा मिरी तस्वीर से पहचाना जाय

आँख का देखा हुआ झूट भी हो सकता है
ख़्वाब को ख़्वाब की ताबीर[6] से पहचाना जाय

मैंने पानी के लिए रेत उड़ाई है बहुत
मेरी तक़दीर को तदबीर[7] से पहचाना जाय

मेरे काँधे से उतारे न कोई मेरी सलीब
जुर्म मेरा मिरी ताज़ीर[8] से पहचाना जाय

इस अँधेरे में ये झनकार है शम्ओं की तरह
यानी मुझको मिरी ज़नजीर से पहचाना जाय

मेरा सब कुछ मिरे माज़ी[9] के हवाले से है
मेरे मंगल को मिरे पीर[10] से पहचाना जाय

---

1. नींव 2. निर्माण 3. शीघ्रता 4. विलम्ब 5. लेख 6. परिणाम 7. प्रयास 8. दंड
9. अतीत 10. सोमवार

## 19

कभी-कभी तिरी आवाज़ पर रुकूँ भी नहीं
कि तू बुलाए मुझे और मैं सुनूँ भी नहीं

इस इन्तिज़ार में ज़िद का भी एक पहलू है
किवाड़ खोल दूँ और रास्ता तकूँ भी नहीं

तमाम शहर सुने मुझको तेरे होंटों से
तिरे सिवा मैं किसी और पर खुलूँ भी नहीं

वो दूर हो तो लगे उससे कोई रिश्ता है
क़रीब आए तो मैं उसका कुछ लगूँ भी नहीं

करेगा कौन अधूरी तलाश की तकमील[1]
तिरी तलब[2] का मिरे सर में अब जुनूँ[3] भी नहीं

न जाने टूट के गिर जाये कब सरों पे 'शकील'
कि आसमाँ की इमारत में इक सुतूँ[4] भी नहीं

1. पूर्णता 2. इच्छा 3. उन्माद 4. खम्बा

# 20

धुआँ धुआँ है फ़ज़ा, रौशनी बहुत कम है
सभी से प्यार करो ज़िन्दगी बहुत कम है

मुक़ाम जिसका फ़रिश्तों से भी ज़ियादा था
हमारी ज़ात में वो आदमी बहुत कम है

हमारे गाँव में पत्थर भी रोया करते थे
यहाँ तो फूल में भी ताज़गी बहुत कम है

जहाँ है प्यास वहाँ सब गिलास ख़ाली हैं
जहाँ नदी है वहाँ तिश्नगी[1] बहुत कम है

ये मौसमों का नगर है यहाँ के लोगों में
हवस ज़ियादा है और आशिक़ी बहुत कम है

तुम आसमान पे जाना तो चाँद से कहना
जहाँ पे हम हैं वहाँ चाँदनी बहुत कम है

बरत रहा हूँ मैं लफ़्ज़ों को इख़्तिसार[2] के साथ
ज़ियादा लिखना है और डायरी बहुत कम है

1. प्यास 2. संक्षिप्त

## 21

चाहा, मगर गले से लगाया न जा सका
इतना वो गिर गया कि उठाया न जा सका

कहते हैं एक बार जिसे बद दुआ लगी
उसको किसी दवा से बचाया न जा सका

कोशिश तो उसने की थी बहुत तोड़ने के बाद
लेकिन मुझे दुबारा बनाया न जा सका

जो रेत पर लिखे थे वो लहरों में खो गए
पत्थर पे मैं लिखा था मिटाया न जा सका

मन्ज़र पे मुझको आने में कुछ देर तो लगी
लेकिन जब आ गया तो हटाया न जा सका

होंटों पे आ न पाया तो आँखों में नम हुआ
मैं इश्क़ था किसी से छुपाया न जा सका

मैं जल गया तो राख नहीं कीमिया[1] हुआ
मुझको किसी नदी में बहाया न जा सका

2. प्रभावी दवा

## 22

मेरे हमराह चलो, मुझपे गुज़ारा कर लो
या हमेशा के लिए मुझसे किनारा कर लो

दर्द हूँ मैं मिरा अन्जाम है आँसू लेकिन
तुम जो चाहो तो मुझे जी के सितारा कर लो

ज़िन्दगी तुमसे न मुझसे ही कटेगी तन्हा
मेरे हो जाओ मुझे अपना सहारा कर लो

टूट कर चाहो मुझे दिल से मुझे याद करो
फिर जिधर चाहो उधर मेरा नज़ारा कर लो

मैं बुरा हूँ मगर अच्छाई भी मुझमें है बहुत
बाद में परखो मुझे पहले गवारा कर लो

## 23

दरार और तिरे मेरे दरमियाँ आ जाय
तिरी तरह जो मिरे मुँह में भी ज़बाँ आ जाय

लगा-बुझा के बहुत ख़ुश हैं बीच वाले मगर
सफ़ाई दूँ तो पलट कर वो बदगुमाँ आ जाय

अलग हुआ हूँ मैं बिछड़ा नहीं हूँ अपनों से
सदा लगाऊँ तो जंगल में कारवाँ आ जाय

ये और बात कि ख़ुद में सिमट के रहता हूँ
उठाऊँ हाथ तो बाँहों में आसमाँ आ जाय

मैं आबो-दाना के चक्कर में बेठिकाना हूँ
भरूँ उड़ान तो पल भर में आशियाँ आ जाय

ये इत्तेफाक़ नहीं, इश्क़ है, अक़ीदा[1] है
उसे मैं दिल से पुकारूँ जहाँ वहाँ आ जाय

मिरे पड़ोस में जलती हैं लकड़ियाँ गीली
न जाने कब मिरे कमरे में भी धुआँ आ जाय

---

1. श्रद्धा

## 24

ख़ुदा पे छोड़ा, दुआओं से घर नहीं बाँधा
सफ़र पे निकले तो रख़्ते-सफ़र[1] नहीं बाँधा

कमाया जैसे उसी शान से उड़ाया भी
कभी भी नोट पे हमने रबर नहीं बाँधा

सलीक़ा आया नहीं काम-काज का हमको
उठाया बोझ तो कपड़े से सर नहीं बाँधा

निकल गया था मैं उसकी गिरफ़्त में आकर
पकड़ लिया था मगर उसने पर नहीं बाँधा

हुआ फ़साद तो धागा भी रक्षाबन्धन का
मिरी बहन ने मिरे हाथ पर नहीं बाँधा

जो मुझमें जिन थे उन्हें बोतलों में बन्द किया
मगर किसी ने मिरे दिल का डर नहीं बाँधा

नज़र से बाँधा किसी ने, किसी ने चेहरे से
तुम्हारी तर्ह मगर उम्र भर नहीं बाँधा

1. यात्रा का सामान

## 25

फूल का शाख़ पे आना भी बुरा लगता है
तू नहीं है तो ज़माना भी बुरा लगता है

ऊब जाता हूँ ख़मोशी से भी कुछ देर के बाद
देर तक शोर मचाना भी बुरा लगता है

इतना खोया हुआ रहता हूँ ख़यालों में तिरे
पास मेरे तिरा आना भी बुरा लगता है

ज़ायक़ा जिस्म का आँखों में सिमट आया है
अब तुझे हाथ लगाना भी बुरा लगता है

मैंने रोते हुए देखा है अली बाबा को
बाज़-औक़ात[1] ख़ज़ाना भी बुरा लगता है

अब बिछड़ जा कि बहुत देर से हम साथ में हैं
पेट भर जाए तो खाना भी बुरा लगता है

1. कभी-कभार

## 26

रेत का घर हूँ, बिखरने से बचा ले मुझको
यूँ न कर तेज़ हवाओं के हवाले मुझको

इस तरह रूठ के मत जा मिरे सूरज मुझसे
कौन सर्दी में ओढ़ाएगा दुशाले मुझको

चल पड़ूँगा तो बहुत दूर निकल जाऊँगा
वक़्त ठहरा है अभी आ के मना ले मुझको

शोर इतना भी नहीं है कि तुझे सुन न सकूँ
दे के आवाज़ मिरे यार बुला ले मुझको

गर बिछड़ना ही मुक़द्दर है तो इससे पहले
अपनी पलकों पे ज़रा देर सजा ले मुझको

मेरे ऐबों पे ज़रा देर को पर्दा रख दे
मैं बुरा हूँ तो भलाई से निभा ले मुझको

## 27

गिरजों में, मस्जिदों में, शिवालों मे रह गया
इन्सान बट के कितने ख़यालों में रह गया

दुनिया का दर्द कौन समझता, किसे था वक़्त
हर शख़्स अपने-अपने कमालों में रह गया

ख़ुश्बू के सब निशान उड़ा ले गई हवा
इक फूल उसके रेशमी बालों में रह गया

इस बार उसकी आँखों में इतने सवाल थे
मैं भी सवाल बनके सवालों में रह गया

मन्ज़िल से हमकिनार हुए क़ाफ़िले के लोग
और मैं गुबार देखने वालों में रह गया

रस्ते की धूल चाट गई जिस्म का लहू
काँटों का ज़हर पाँव के छालों में रह गया

पीछा छुड़ा सका न मैं अहसासे-जुर्म से
इक दाग़ तीरगी[1] का उजालों में रह गया

1. अँधेरा

## 28

चाँद में ढलने, सितारों में निकलने के लिए
मैं तो सूरज हूँ बुझूँगा भी तो जलने के लिए

मन्ज़िलों! तुम ही कुछ आगे की तरफ बढ़ जाओ
रास्ता कम है मिरे पाँव को चलने के लिए

ज़िन्दगी अपने सवारों को गिराती जब है
एक मौक़ा भी नहीं देती संभलने के लिए

मैं वो मौसम जो अभी ठीक से छाया भी नहीं
साज़िशें होने लगीं मुझको बदलने के लिए

वो तिरी याद के शोले हों कि अहसास मिरे
कुछ न कुछ आग ज़रूरी है पिघलने के लिए

ये बहाना तिरे दीदार की ख़्वाहिश का है
हम जो आते हैं इधर रोज़ टहलने के लिए

महफ़िले-इश्क़ में शम्ओं की ज़रूरत क्या है
दिल को ही मोम बनाते हैं पिघलने के लिए

## 29

फ़ायदा ढूँड लो नुक़्सानों में क्युँ रहते हो
होश वाले हो तो दीवानों में क्युँ रहते हो

किस लिए करते हो तुम शहर में जंगल आबाद
जानवर की तरह इन्सानों में क्युँ रहते हो

घर के अन्दर किसी आईने में देखो खुद को
खोज में अपनी बयाबानों में क्युँ रहते हो

दर्द में ख़ुद ही क़यामत का नशा होता है
ज़ख़्म रखते हो तो मयख़ानों में क्युँ रहते हो

जाओ मिट्टी में मिलो, फ़स्ल बनो, बीज हो तुम
मुँह छुपाए हुए खलियानों में क्युँ रहते हो

ख़ुश्बुओं का तो हवाओं से बड़ा रिश्ता है
तुम महकते हो तो गुलदानों में क्युँ रहते हो

घर का हिस्सा बनो, कुछ बोझ उठाओ घर का
मेज़बानी करो मेह्मानों में क्युँ रहते हो

## 30

जहाँ है छत मिरी, दर भी वहीं निकालता हूँ
मैं अपने क़दमों से अपनी ज़मीं निकालता हूँ

खड़ी है फिर कोई दीवार मेरे रस्ते में
लहूलुहान मैं फिर से जबीं[1] निकालता हूँ

ये साँप मेरे गले से लिपटने लगते हैं
मैं अपने कुरते से जब आस्तीं निकालता हूँ

ज़माना हो गया तूने जिसे गिराया था
मैं उस मकान से अब तक मकीं[2] निकालता हूँ

ज़लील कर मुझे लेकिन बहुत ज़लील न कर
ये ज़हर मैं भी तो जाकर कहीं निकालता हूँ

ऐ मुम्बई! मैं तुझे वारता हूँ तुझ पर ही
जो तूने मुझको दिया है यहीं निकालता हूँ

नदी भी आज अकेली ही बहना चाहती है
तो मैं भी आज ये कश्ती नहीं निकालता हूँ

---

1. माथा/पेशानी 2. मकान में रहनेवाला

31

दुनिया इक दरिया है, पार उतरना भी तो है
बेईमानी कर लूँ लेकिन मरना भी तो है

पत्थर हूँ भगवान बना रह सकता हूँ कब तक
रेज़ा-रेज़ा हो के मुझे बिखरन भी तो है

ऐसे मुझको मारो कि क़ातिल भी ठहरूँ मैं
आखिर ये इल्ज़ाम किसी पे धरना भी तो है

दिल से तुम निकले हो तो कोई और सही कोई और
ये जो ख़ालीपन है इसको भरना भी तो है

बाँध बनाने वालों को मालूम नहीं शायद
पानी जो ठहरा है उसे गुज़रना भी तो है

साहिल वालो! अभी तमाशा ख़त्म नहीं मेरा
डूब रहा हूँ लेकिन मुझे उभरना भी तो है

अच्छी है या बुरी है चाहे जैसी है दुनिया
आया हूँ तो कुछ दिन यहाँ ठहरना भी तो है

## 32

अपनी हस्ती को मिटा दूँ तिरे जैसा हो जाऊँ
इस तरह चाहूँ तुझे मैं तिरा हिस्सा हो जाऊँ

पायलें बाँध के बारिश की करुँ रक़्से-जुनूँ[1]
तू घटा बनके बरस और मैं सह्रा[2] हो जाऊँ

दूर तक ठह्रा हुआ झील का पानी हूँ मैं
तेरी परछाईं जो पड़ जाए तो दरिया हो जाऊँ

शह्र-दर-शह्र मिरे इश्क़ की नौबत बाजे
मैं जहाँ जाउँ तिरे नाम से रुस्वा हो जाऊँ

आदमी बनके बहुत मैंने तुझे सजदे किए
तू ख़ुदा बन के मुझे मिल मैं फ़रिश्ता हो जाऊँ

इस तरह मिल कि बिछड़ने का तसव्वुर न रहे
इस तरह माँग मुझे तू कि मैं तेरा हो जाऊँ

इतना बीमार कि साँसों से धुआँ उठता है
आ तुझे देख लूँ और देख के अच्छा हो जाऊँ

1. उन्माद का नृत्य 2. रेगिस्तान

## 33

मुझपे हैं सैकड़ों इल्ज़ाम मिरे साथ न चल
तू भी हो जाएगा बदनाम मिरे साथ न चल

तू नई सुब्ह के सूरज की है उजली सी किरन
मैं हूँ इक धूल भरी शाम मिरे साथ न चल

अपनी ख़ुशियों को मिरे ग़म से तू मनसूब[1] न कर
मुझसे मत माँग मिरा नाम मिरे साथ न चल

इश्क़ करने को कहाँ वक़्त है मज़दूर के पास
मेरे ज़िम्मे हैं बहुत काम मिरे साथ न चल

एक उलझी सी कहानी की तरह हूँ मैं भी
जाने क्या हो मिरा अन्जाम मिरे साथ न चल

तू भी खो जाएगी टपके हुए आँसू की तरह
देख ऐ गर्दिशे-अय्याम[2] मिरे साथ न चल

---

1. संबंधित 2. विपत्ति के दिन

## 34

तुझको सोचूँ तो तिरे जिस्म की ख़ुश्बू आए
मेरी ग़ज़लों में मुहब्बत की तरह तू आए

रात सीने में जले थे तिरी चाहत के दिये
दिल जो पिघला तो मिरी आँख में आँसू आए

क़र्ज़ है मुझपे बहुत रात की तन्हाई का
मेरे कमरे में कोई चाँद न जुगनू आए

लग के सोया है तिरा दर्द मिरे सीने से
सुब्ह हो जाये कि जज़्बात पे क़ाबू आए

पंख लगने लगे जब दिल ने किया याद उसे
वो बहुत दूर था लेकिन हम उसे छू आए

मैं तिरे नाम पे खामोश रहूँ, सब बोलें
बातों-बातों में कोई ऐसा भी पहलू आए

उसका पैकर[1] कई क़िस्तों में छपे नाविल सा
कभी चेहरा, कभी आँखें, कभी गेसू[2] आए

फिर मुझे वज़्न किया जाए शहादत[3] के लिए
फिर अदालत में कोई लेके तराज़ू आए

अब के मौसम में ये दीवार भी गिर जाए 'शकील'
इस तरह जिस्म की बुनियाद में आँसू आए

1. ढाँचा 2. केश 3. गवाही

## 35

खाते-पीते हुए लोगों में भी ग़ुर्बत[1] रख दी
अबके महँगाई ने हर साँस पे क़ीमत रख दी

आदतें ख़ूब बिगाड़ीं मिरी ख़ुशहाली ने
और जाते हुए जेबों में ज़रूरत रख दी

ख़ुदग़रज़ लोगों की बढ़ती हुई आबादी ने
मिलने-जुलने के अमल में भी तिजारत रख दी

उसने दीवारें उठाई थीं ज़मीने-दिल पर
मैंने दीवारों पे रिश्ते की नई छत रख दी

रात माँ क़ब्र से आई थी मिरे कमरे में
मेरी आँखों में छुपाकर कहीं जन्नत रख दी

शायरी के लिए माँगीं जो दुआएँ मैंने
मेरे मौला ने मिरे दर्द में बरकत रख दी

मैं था सिमटा हुआ गुमनामी की चादर में 'शकील'
उसने फैला के मिरे नाम की शोहरत रख दी

1. ग़रीबी

## 36

हमको जज़्बात का इज़्हार न करना आया
प्यार करते रहे इक़रार न करना आया

जिनको दिल जान के ले आए वो पत्थर निकले
हमको बाज़ार से बाज़ार न करना आया

ठोकरें खाते रहे एक ही पत्थर से सदा[1]
अपना रस्ता हमें हमवार[2] न करना आया

घर बनाने को ज़मीं कम तो न थी दुनिया में
कुछ हमें ही दरो-दीवार न करना आया

हम भी ज़ख़्मों को सजा सकते थे चेहरे पे 'शकील'
ख़ुद को लेकिन हमें अख़बार न करना आया

1. हमेशा 2. समतल

37

मेरी ख़्वाहिश, मिरी चाहत से ज़ियादा कुछ था
वो मिरे साथ ज़रूरत से ज़ियादा कुछ था

जल गया मैं भी तिरे साथ चिता पर तेरी
ये अमल मेरा मुहब्बत से ज़ियादा कुछ था

अश्क टपका तो धुआँ उठने लगा दामन से
दिल में ये क्या था जो वह्शत[1] से ज़ियादा कुछ था

खो दिया ख़ुद को तुझे पाने की ख़ातिर मैंने
ये सफ़र मेरा इबादत से ज़ियादा कुछ था

माँ के क़दमों तले जन्नत है सुना था मैंने
और जब समझा तो जन्नत से ज़ियादा कुछ था

मैंने मेह्नत भी बहुत की थी, मगर मेरे ख़ुदा
जो दिया तूने वो मेह्नत से ज़ियादा कुछ था

ख़ुद को उलझा लिया उसने मुझे सुलझाते हुए
वो परेशाँ मिरी हालत से ज़ियादा कुछ था

1. उन्माद

## 38

हक़ीक़त थी मगर अब तो कहानी हो गई दुनिया
नज़र में आ गई जब से पुरानी हो गई दुनिया

मिली तो कुछ दिनों तक मुस्कुराई दिल से होंटों तक
मगर जब खोई तो आँखों में पानी हो गई दुनिया

कभी बचपन में मेरे साथ कन्चे खेला करती थी
मैं अब तक हूँ वही बच्चा सियानी हो गई दुनिया

बदन पहले भी उसका लहलहाता था, महकता था
दुपट्टा ओढ़कर कुछ और धानी हो गई दुनिया

सड़क पर थी तो इक बाज़ार का सामान लगती थी
मगर जब आ गई घर में तो रानी हो गई दुनिया

अभी कुछ देर पहले तक मिरी आँखों में चुभती थी
तिरी इक मुस्कुराहट से सुहानी हो गई दुनिया

## 39

इक दूजे की आग में जलना अच्छा लगता है
साथी हो तो पैदल चलना अच्छा लगता है

मयखाने से उसकी गली तक आने-जाने में
ख़ुद ही गिरना और सँभलना अच्छा लगता है

पाने से भी कुछ ज़्यादा है बात न पाने में
तेरी तलब में दिल का मचलना अच्छा लगता है

दस्ते-दुआ[1] पर फूँक के अक्सर नामे-खुदा के साथ
नाम तिरा चेह्रे पर मिलना अच्छा लगता है

मिलना-जुलना बन्द है लेकिन अब भी जाने क्युँ
शाम ढले तो घर से निकलना अच्छा लगता है

बर्फ़ सा मेरे दिल का तेरे ग़म के मौसम में
जम जाना और जम के पिघलना अच्छा लगता है

मेरा भी तो कुछ रिश्ता है चाँद-सितारों से
सूरज हूँ पर शाम को ढलना अच्छा लगता है

---

1. दुआ का हाथ

## 40

आँखों से मेरे दर्द को बहना नहीं पड़ा
उसने युँही समझ लिया कहना नहीं पड़ा

इक बार अपने दिल की सदा पर निकल पड़े
पाबन्दियों में फिर हमें रहना नहीं पड़ा

हम जब उदासियों से मिले मुस्कुरा दिए
ग़म को ख़ुशी बना लिया, सहना नहीं पड़ा

सोना भी कुछ उदास था चाँदी भी ग़मज़दा
जब तक बदन पे प्यार का गहना नहीं पड़ा

वो बेलिबास आइनाख़ाने में था मगर
शीशे पे उसका अक्स बरह्ना[1] नहीं पड़ा

सदियों से मैं ग़रीब घराने का हूँ मकान
सब घर बदल गए मुझे ढहना नहीं पड़ा

3. नग्न

## 41

कमाल देखो दुआओं से गुल खिलाने का
ख़याल छोड़ो फ़कीरों को आज़माने का

सजा रहा है कोई आसमाँ की पलकों को
हुआ है वक़्त सितारों के झिलमिलाने का

तलाश तुमको ही करनी हैं मन्ज़िलें अपनी
हमारा काम है बस रास्ता बताने का

सभी थे भूले हुए अपने-अपने चेहरे को
सो हमने जुर्म किया आइना दिखाने का

कभी-कभी तो तअल्लुक़ भी टूट जाते हैं
अजीब खेल है ये रूठने मनाने का

## 42

चराग़ बनके हवाओं की मेज़बानी की
ज़मीन हमने बहुत तेरी पासबानी[1] की

चुकानी पड़ती हैं और वो भी रोज़ क़िस्तों में
अजीब क़ीमतें होती हैं मेह्रबानी की

तुम्हारे दर्द से लेकर हमारे आँसू तक
बड़ी तवील[2] कहानी है आग-पानी की

तमाम रिश्तों में इक गाँठ पड़ती जाती है
हवाएँ चलती हैं ज़ेह्नों में बदगुमानी[3] की

फ़ज़ा ख़राब है लेकिन बहुत ख़राब नहीं
बस इक ज़रा सी ज़रुरत है सावधानी की

जो डोर में भी नहीं थे उन्हीं पतंगों ने
हवा मिली तो बहुत बात आसमानी की

1.रखवाली 2. लम्बी 3. बुरी धारणा

## 43

नाउमीदी में उमीदों का सफ़र जारी है
फूल की चाह में काँटों का सफ़र जारी है

अब भी कुछ ख़्वाब भटकते हैं खुली सड़कों पर
अब भी टूटे हुए रिश्तों का सफ़र जारी है

अब भी इक हाथ हवाओं में हिला करता है
अब भी बेशक्ल सदाओं का सफ़र जारी है

अब भी उड़ता है ख़यालों में धुआँ माज़ी[1] का
ब भी बेनाम अज़ाबों[2] का सफ़र जारी है

अब भी दीवार के उस पार से आती है सदा[3]
अब भी वीराने में रूहों का सफ़र जारी है

अब भी इक टूटे हुए ख़्वाब से रिश्ता है मिरा
अब भी भीगी हुई रातों का सफ़र जारी है

गीत गाती है मिरे गाँव में सावन की फुहार
नीम के पेड़ पे झूलों का सफ़र जारी है

1. भूतकाल 2. पाप कष्टों 3. आवाज़

## 44

ख़्वाब देखो, कोई ख़्वाहिश तो करो
जीना आसान है, कोशिश तो करो

आज भी प्यार है दुनिया में बहुत
जोड़कर हाथ गुज़ारिश तो करो

जंग ये जीती भी जा सकती है
ज़िन्दगी से कोई साज़िश तो करो

सब्ज़ओ-गुल[1] हैं इसी ख़ाक तले
बनके बादल कभी बारिश तो करो

लोग मरहम भी लगायेंगे 'शकील'
पहले ज़ख़्मों की नुमाइश तो करो

1. हरियाली और फूल

## 45

नदी, पहाड़, समुन्दर, हवा में बट जाओ
बहुत बड़ी है ये दुनिया जड़ों से कट जाओ

हिसाब माँग रही है ज़मीं ठहरने का
जहाँ खड़े हो मिरी जाँ वहाँ से हट जाओ

यही तरीक़े हमेशा रहे हैं जीने के
बढ़ा लो चादरें या ख़ुद में ही सिमट जाओ

इस अंजुमन[1] में हर इक आदमी अकेला है
अँधेरा हो तो किसी जिस्म से लिपट जाओ

तमाम रात तो सो कर गुज़ार दी तुमने
सवेरा हो गया अब नींद से उचट जाओ

दुआएँ माँग रहा हूँ मैं बारिशों के लिए
मिरे लबो! मिरे खेतों की तर्ह फट जाओ

यहाँ से आगे कोई रास्ता नहीं जाता
अब अपने-अपने घरों की तरफ पलट जाओ

उजाले बाँटते फिरते हो शह्र भर में 'शकील'
चराग़ लेके कभी अपने भी निकट जाओ

1. महफ़िल

## 46

जह्र या नशा हो तुम
दर्द की दवा हो तुम

ज़िन्दगी के सहरा में
शबनमी हवा हो तुम

आँधियों की रातों में
आख़िरी दिया हो तुम

मौत जैसी दुनिया में
जीने की अदा हो तुम

मैं मुसाफ़िर आवारा
मेरा रास्ता हो तुम

## 47

सभी है झूटे तो सच मैं ही बोल कर देखूँ
बड़ा अंधेरा है लेकिन टटोल कर देखूँ

मिरा चराग़ बुझेगा या रौशनी होगी
हवा के साथ ये झगड़ा भी मोल कर देखूँ

पता चले कि मिरा शह्र कितना बेहिस[1] है
फ़ज़ा में ज़ह्र किसी रोज़ घोल कर देखूँ

ये देखना है वो कितना क़रीब आता है
उस अजनबी से ज़रा मेल-जोल कर देखूँ

पकड़ रखे हैं कई ख़्वाब मेरी आँखों ने
जो नींद आए तो दरवाज़ा खोल कर देखूँ

सुना है इश्क़ में दीवानगी ज़रूरी है
तू एक लय में बदल, मैं भी डोल कर देखूँ

तू ज़िन्दगी है तो हो जाऊँ मैं फ़ना तुझमें
तू फ़िल्म है तो कोई मैं भी रोल कर देखूँ

---

1. संवेदनाहीन

## 48

तुम क्या मिले कि हम भी ग़ज़लयार हो गए
दो चार शेर कह के ज़मींदार हो गए

सूरज से मैंने हाथ मिलाकर बुरा किया
साये सभी मकान के उस पार हो गए

टकरा गई थी यूँ ही हवा बादबान से
कश्ती के सारे लोग ख़बरदार हो गए

जंगल कटे तो रात मकानों में आ घुसी
रस्ते तिरी गली के पुरअसरार[1] हो गए

रंगों के बाद नींव इमारत में खो गई
बादल ज़मीं पे टूट के बेकार हो गए

अब कश्तियों का तैरते रहना मुहाल[2] है
साहिल[3] नदी में डूब के जीदार[4] हो गए

खेतों में ईंट बोने का दस्तूर चल पड़ा
अब छोटे मोटे गाँव भी बाज़ार हो गए

---

1. भेद भरे 2. कठिन 3. किनारे 4. साहसी

## 49

इसी ज़मीन की आवाज़ आसमान में थी
हमारी आह कभी उसकी दास्तान में थी

हम अपने घर में अकेले थे अपने जिस्म के साथ
हमारी रूह किसी और के मकान में थी

अब उसकी राख भी उड़ती नहीं ख़यालों में
वो आरज़ू जो मुहब्बत के सायबान में थी

ख़ुदा करे कि नई नस्ल उससे दूर रहे
वो दुश्मनी जो तिरे मिरे ख़ानदान में थी

तुम्हारी मौत ने मारा है जीते जी हमको
हमारी जान भी जैसे तुम्हारी जान में थी

ज़रा सा और था टीलों के रास्तों का सफ़र
फिर उसके बाद हर इक रहगुज़र ढलान में थी

तमाम जिस्म ही डूबा हुआ था मस्ती में
सफ़र के बाद अजब कैफ़ियत[1] थकान में थी

उसे शऊर की तल्ख़ी[2] में ढूँडता हूँ 'शकील'
वो चाश्नी जो मिरी तोतली ज़बान में थी

---

1. मनोदशा 2. कड़वाहट

## 50

तेरी फुर्क़त[1] मिरी तक़दीर नहीं थी पहले
मेरे कमरे में ये तस्वीर नहीं थी पहले

दिल धड़कता था मगर तेरी सदाओं के बग़ैर
दर्द पहले भी था तासीर नहीं थी पहले

तुझसे बिछड़ा तो मुझे प्यार किया दुनिया ने
ये मुहब्बत मिरी जागीर नहीं थी पहले

हमसे पहले भी ग़ज़ल वाले बहुत रोए मगर
इतनी संगीन ये ताज़ीर[2] नहीं थी पहले

जाने किस तर्ह मुहब्बत के पयाम[3] आते थे
कोई काग़ज कोई तहरीर[4] नहीं थी पहले

उम्र कच्ची थी तो निंदें भी मज़ा देती थीं
ज़िंदगी ख़्वाब की ताबीर नहीं थी पहले

कितनी आज़ादी से हम घूमते-फिरते थे 'शकील'
कोई दीवार या ज़न्जीर नहीं थी पहले

---

1. जुदाई 2. सज़ा 3. सन्देश 4. लिखावट

## 51

ऐसे जंगल में वो अकेली है
कोई लड़की है या पहेली है

आगे परियों का देस हो शायद
दूर तक राह में चमेली है

उसमें सदियों से भूत रहते हैं
गाँव के पास जो हवेली है

मुझको मुखिया का क़त्ल करना है
और गिरवी मिरी हथेली है

अब भी सोते में ऐसा लगता है
सर के नीचे तिरी हथेली है

आओ! अब हम भी डूब जाते हैं
यार लोगों ने नाव खे ली है

एक दिन तेरे साथ देखा था
क्या ग़ज़ल भी तिरी सहेली है

इसका लहजा तुम्हारे जैसा है
ये ग़ज़ल हमने चाँद से ली है

रंग के तजरबे में हमने 'शकील'
एक तितली की जान ले ली है

इश्क़ में ख़ुद को शरअंगेज़[1] नहीं कर लेते
ज़ख़्म जो होता तो ख़ूंरेज़[2] नहीं कर लेते

हमको तस्वीर सजानी ही नहीं थी वरना
जिस पे सोए थे उसे मेज़ नहीं कर लेते

चाहते हम भी थे कतराके निकल जाओ तुम
वरना रफ़्तार को हम तेज़ नहीं कर लेते

मारना ही जो तुम्हें होता, तो क्या अपने हाथ
हम कोई भाड़े का चंगेज़ नहीं कर लेते

सिर्फ घोड़े ही विरासत में मिले हैं हमको
पाँव भी होते तो महमेज़[3] नहीं कर लेते

मिलती जो आबो-हवा छोड़ के क्युँ जाते हम
अपनी मिट्टी को ही ज़रख़ेज़[4] नहीं कर लेते

खुश अगर होते तो मयखाने में क्युँ आते हम
आप ही आप को लबरेज़[5] नहीं कर लेते

अच्छा होने के लिए कौन दवा खाता है
वरना कैसा भी था परहेज़ नहीं कर लेते

1. उपद्रवी 2. हिंसक 3. विकृत 4. उपजाऊ 5. पूरा भरा

## 53

सर पे सूरज लिए खड़ा हूँ मैं
अपनी परछाईं से बड़ा हूँ मैं

किसी पत्थर से टूटता भी नहीं
जाने किस फ्रेम में जड़ा हूँ मैं

अपने चेहरे के धुंदलेपन के लिए
कितने आईनों से लड़ा हूँ मैं

अब तो ख़ुश हो, कि हार मेरी हुई
हाथ बाँधे हुए खड़ा हूँ मैं

मेरी मिट्टी बुला रही है मुझे
जाने किस ख़ाक में गड़ा हूँ मैं

फिर मुख़ालिफ़[1] हैं सारे लोग मिरे
फिर किसी बात पर अड़ा हूँ मैं

ऊँगलियाँ उठ रही हैं मुझपे 'शकील'
जाने किस सिम्त[2] चल पड़ा हूँ मैं

1. विरोधी 2. दिशा

## 54

कमा के पूरा किया जितना भी ख़सारा[1] था
वहीं से जीत के निकला जहाँ मैं हारा था

न मेरे चेह्‍रे पे दाढ़ी, न सर पे चोटी थी
मगर फ़साद ने पत्थर मुझे भी मारा था

जहाँ पे लोग मिरी जान लेना चाहते थे
उसी गली से गुज़रना मुझे दुबारा था

हवा चली तो मुझे उसने फिर किया रौशन
बचा हुआ जो मिरी राख में शरारा[2] था

कहानी सुनते हुए बुझ गई थीं सब आँखें
जो जल रहा था मिरे साथ इक सितारा था

जहाँ से देख रहा था मैं बहते दरिया को
वहीं से टूट के गिरता हुआ किनारा था

कई मकान थे लेकिन खुला न मुझ पे कोई
हर इक मकान पे मैंने तुझे पुकारा था

1. नुक़्सान 2. चिंगारी

## 55

अश्क किसका है जो पुरजोश[1] हुआ जाता है
शहर का शहर ज़मींदोश[2] हुआ जाता है

सिर्फ़ बातों से ही मैं कितना भरम रक्खूँगा
सामने आ कि मुझे होश हुआ जाता है

एक कोहरा है जो छाया है सभी आँखों पर
एक मन्ज़र है जो रूपोश[3] हुआ जाता है

अब कोई चीज़ नहीं चुभती मिरे तलवे में
पाँव ही पाँव का पापोश[4] हुआ जाता है

किस तरह भरते हुए ज़ख़्म को ताज़ा रक्खूँ
सारा क़िस्सा ही फ़रामोश[5] हुआ जाता है

इतनी छलकाई है महफ़िल में गुलाबी उसने
जो भी आता है वो मदहोश हुआ जाता है

हमसे मयकश कहाँ बैठें तिरे मयख़ाने में
हर शराबी ही बलानोश[6] हुआ जाता है

1. उत्साह भरा 2. धराशायी 3. ग़यब 4. जूता 5. भूला 6. अधिक शराब पीने वाला

कुछ तो रफ़्तार भी कछुवे की तरह है अपनी
और कुछ वक़्त भी ख़रगोश हुआ जाता है

दरो-दीवार लिए बैठे हैं किसकी बातें
हर दरीचा[7] हमातनगोश[8] हुआ जाता है

सोने वाले हमें क़िस्सा तो सुनाते पूरा
यार ऐसे कहीं ख़ामोश हुआ जाता है

दिल में रखते है ख़ज़ाने की तमन्ना लेकिन
पहले दरिया से हमआग़ेश[9] हुआ जाता है

---

7. खिड़की 8. पूरे शरीर को कान बनाकर सुनना 9. आलिंगित

## 56

जब सुनी कोई भी आहट तिरी आहट की तरह
सज गए ख़्वाब निगाहों में सजावट की तरह

रख दिया उसने मिरे ज़ख़्म पे मरहम ऐसे
दर्द करवट भी बदल पाया न करवट की तरह

मैं तिरी फ़िक्र हूँ तू जब भी मुझे सोचेगा
तेरे माथे पे उभर आऊँगा सिलवट की तरह

ख़ाकसारी[1] की भी इक हद है, इसे ज़ेहन में रख
हद से बढ़ जाए तो लगती है बनावट की तरह

तपते सहरा की तरह है मिरे होंटों की तपिश
उसकी आँखों का समाँ है किसी पनघट की तरह

दमबख़ुद[2] रह गई दीदार की हसरत भी 'शकील'
उसने जब काम लिया ज़ुल्फ़ से घूँघट की तरह

3. विनम्रता 2. चकित

## 57

सच वो क़तरा जो गुहर[1] हो ही नहीं सकता था
इस कमाई से तो घर हो ही नहीं सकता था

वो तो तुम आबो-हवा लाए कि आबाद हुआ
इस ख़राबे में नगर हो ही नहीं सकता था

ये तिरे लम्स[2] की गर्मी है जो हम चल निकले
ऐसी सर्दी में सफ़र हो ही नहीं सकता था

मोम से मेरा तअल्लुक़ था तिरा शोलों से
अपना इक साथ गुज़र हो ही नहीं सकता था

उस तरफ़ लोग गुनहगार भी थे, अपने भी
मैं किसी तई उधर हो ही नहीं सकता था

शाह को उसके पियादों से लड़ाया मैंने
वरना ये मार्का[3] सर हो ही नहीं सकता था

सिलसिला मेरा था सूरज के घराने से 'शकील'
मुझपे आँधी का असर हो ही नहीं सकता था

---

1. मोती 2. स्पर्श 3. मोर्चा

58

दूरियाँ बढ़ती गईं, चिट्ठी का रिश्ता रह गया
सब गए परदेस घर में बाप तन्हा रह गया

छोटे-छोटे रास्ते शहरों में जाकर खो गए
गाँव अपने साथियों की राह तकता रह गया

गर्मियों की छुट्टियों में भी न आया घर कोई
धीरे-धीरे पेड़ पर ही आम पकता रह गया

अब कहाँ है द्वार पर बैलों की घन्टी का समाँ
खेत तो अबके बरस भी गिरवी रक्खा रह गया

नीम बारिश में गिरा, आँधी में जामुन गिर गई
एक पीपल सब रुतों के वार सहता रह गया

नाव काग़ज़ की न अबके छपकियाँ बच्चों की थीं
बाढ़ का पानी गली में यूँही बहता रह गया

## 59

एक सूराख़ सा कश्ती में हुआ चाहता है
सब असासा[1] मिरा पानी में बहा चाहता है

मुझको बिखराया गया और समेटा भी गया
जाने अब क्या मिरी मिट्टी से ख़ुदा चाहता है

टहनियाँ ख़ुश्क हुईं, झड़ गए पत्ते सारे
फिर भी सूरज मिरे पौदे का भला चाहता है

टूट जाता हूँ मैं हर साल मरम्मत करके
और घर है कि मिरे सर पे गिरा चाहता है

सिर्फ़ मैं ही नहीं सब डरते हैं तन्हाई से
तीरगी[2] रौशनी, वीराना सदा[3] चाहता है

दिन सफ़र कर चुका अब रात की बारी है 'शकील'
नींद आने को है, दरवाज़ा लगा चाहता है

4. पूँजी 2. अँधेरा 3. आवाज़

## 60

जाने वाले कहानियाँ रख दे
कुछ तो अपनी निशानियाँ रख दे

होंट ख़ामोश हैं कई दिन से
इन गुलाबों पे तितलियाँ रख दे

या कोई ख़्वाब दे निगाहों को
या दरीचे पे उँगलियाँ रख दे

हमसे मिलना है तो क़रीब से मिल
या तअल्लुक़ में दूरियाँ रख दे

तेरे बिन रेत का मकान हूँ मैं
मुझ में थोड़ी सी आँधियाँ रख दे

एक झोंका हवा का यूँ आए
खोलकर सारी खिड़कियाँ रख दे

मेरे ख़्वाबों को तोड़कर कोई
मेरी आँखों में किरचियाँ रख दे

अब जवानी हिसाब माँगती है
मेरे चेहरे पे झुर्रियाँ रख दे

61

बुझी-बुझी थी रौशनी, धुआँ-धुआँ चराग़ थे
हवा उन्हें कतर गई जो बेमकाँ[1] चराग़ थे

लहू में एक नूर था जो बह रहा था जंग में
जो कट गए वो सर न थे रवाँ-दवाँ[2] चराग़ थे

गुज़र गईं जब आँधियाँ तो कुछ नहीं मिला कहीं
पता भी कुछ न चल सका कहाँ-कहाँ चराग़ थे

लबों में दफ़्न हो गईं यहाँ कई गवाहियाँ
जो वक़्त पर न जल सके वो बेज़बाँ चराग़ थे

कहानियाँ सुनाई थीं न जाने कैसी ताक़[3] ने
घरों की बन्द खिड़कियों से बदगुमाँ[4] चराग़ थे

ज़रूरतों की आँख से मिला रहे थे आँख हम
जहाँ-जहाँ पे रात थी वहाँ-वहाँ चराग़ थे

ये और बात तीरगी[5] ने काम अपना कर दिया
ये और बात तेरे-मेरे दरमियाँ चराग़ थे

1. बेघर 2. चलते-फिरते 3. दीवार में चराग़ रखने की जगह 4. बुरी धारणा रखने वाला 5. अंधेरा

## 62

जब तलक इश्क़ में पागल न हुआ
मैं अधूरा था मुकम्मल न हुआ

उसका रिश्ता था मिरी प्यास के साथ
जो मिरी धूप में बादल न हुआ

मिट गए उसके निशाँ राहों से
वो मगर आँख से ओझल न हुआ

वो धुआँ बनके फिरा आवारा
जो तिरी आँख का काजल न हुआ

बिक गए दाम घटा कर कुछ लोग
और मैं सोने से पीतल न हुआ

## 63

ज़िन्दगी की नई उड़ान थे हम
अपनी मिट्टी में आसमान थे हम

चाँद ने रात घर पे दस्तक दी
रात भर उसके मेज़बान थे हम

ढह गए इक ज़रा हवा जो चली
क्या करें रेत के मकान थे हम

जब तलक उसने हमसे बातें कीं
जैसे फूलों के दरमियान थे हम

उसको चुप-चाप सुन लिया हमने
जैसे सचमुच के बेज़बान थे हम

जिससे मिलती थी झूट की सरहद
उस हक़ीक़त से बदगुमान थे हम

लोग समझे नहीं हमें शायद
मस्जिदों से उठी अज़ान थे हम

वो चाहतों के समुन्दर वो प्यास-प्यास बदन
मिले तो आज बहुत ख़ुश थे दो उदास बदन

फ़ज़ा में चारों तरफ़ इक नशा सा फैला था
ज़माने बाद मिले थे बदन-शनास[1] बदन

पिघल के सोने की इक तह जमी थी कमरे में
चमक रहा था अँधेरे में बेलिबास[2] बदन

कहीं जो बाँहों में आए तो आग लग जाए
वो उँगलियों में फिसलता हुआ कपास बदन

वो चार पैग की मस्ती, वो ख़्वाहिशों का ख़ुमार
वो रक़्स[3] करते हुए मेरे आस-पास बदन

नशे में एक ही हम्माम के हुए सारे
निगाहे-आम से खुलने लगे थे ख़ास बदन

हमारे होंट भी सैराब[4] हो गए इक दिन
छलक रहा था बहुत भरके वो गिलास बदन

ज़बान फेरूँ तो अब भी लहू मचलता है
लबों पे छोड़ गया था कभी मिठास बदन

हवा में घुल के महकने लगा था साँसों में
सहर की ओस में भीगा हुआ वो घास बदन

1. देह परिचित 2. निर्वस्त्र 3. नृत्य 4. तृप्त

65

दूर तक दिल के सहरा में बारिश हुई
तुमको देखा तो जीने की ख़्वाहिश हुई

हम खिले तो हवाओं ने बिखरा दिया
हम जले तो बुझाने की साज़िश हुई

हर क़दम पर लगा कोई पत्थर हमें
हर क़दम इक नई आज़माइश हुई

सच को सच झूट को झूट हमने कहा
बस इसी बात पर सबसे रन्जिश हुई

दर्द को पी लिया, ज़ख़्म को सी लिया
हमसे कब आँसुओं की नुमाइश हुई

## 66

तिरी ज़मीं में मुहब्बत के बीज बो न सकूँ
तू मिल भी जाए तो शायद मैं तेरा हो न सकूँ

ग़मे-हयात[1] तू चुपके से ख़ुदकुशी कर ले
मैं अपने हाथों से शायद तुझे डुबो न सकूँ

ये मेरे अश्क किसी और की अमानत हैं
अगर मैं रोना भी चाहूँ तो खुलके रो न सकूँ

ये बेवफ़ाई तो पहले से मेरे ध्यान में थी
वो दाग़ दे कि जिसे उम्र भर मैं धो न सकूँ

तमाम दिन तुझे ढूँढ़ूँ तिरा पता न चले
तमाम रात इसी रन्ज में मैं सो न सकूँ

तू अपना ग़म भी मुझे दे कि रात धुल जाए
मैं अपने दर्द से मुमकिन है इतना रो न सकूँ

तिरा बयान किसी नज़्म में करूँगा कभी
ग़ज़ल की आँख में शायद तुझे समो न सकूँ

1. जीवन व्यथा

67

खेतों-खेतों हुन बरसे नलकूप चले
गेहूँ से हर घर भर जाये सूप चले

सूरज निकले कोहरा ओढ़े सर्दी में
शर्मीली दुल्हन के जैसी धूप चले

सारे अच्छे मन्ज़र भर लूँ आँखों में
पन्छी गाए, गुल मुस्काए, रूप चले

चाँद सितारो! मैं ही क्युँ तुम जैसा हूँ
दुनिया धारे रूप में सौ बहुरूप चले

बाहर सब ने रुख़ मोड़ा था दरिया का
पानी में सब दरिया के अनुरूप चले

## 68

दिल में रख ले मुझे, अरमान बना ले मुझको
जिस्म मिट्टी है तिरा जान बना ले मुझको

ग़ैर से देख मुझे तेरा ही चेहरा हूँ मैं
आइना तोड़ दे पहचान बना ले मुझको

चाहता है तो मुझे ढूँड परेशाँ होकर
मैं मिलूंगा तुझे ईमान बना ले मुझको

हमसफ़र होने का दर्जा जो नहीं दे सकता
अपने रस्ते का तू सामान बना ले मुझको

जान दे दूँगा मिरी जान हिफ़ाज़त में तिरी
तू जो दिल्ली है तो सुलतान बना ले मुझको

## 69

धड़कनों में किसी दस्तक की सदा[1] हो जैसे
दिल का दरवाज़ा कोई खोल रहा हो जैसे

जाने किस मोड़ पे ये वह्म हक़ीक़त बन जाय
मेरे पीछे कोई साया सा लगा हो जैसे

लम्स[2] अहसास को कुछ ऐसे हवा देता है
वो मुझे अपना बदन सौंप गया हो जैसे

फ़िक्र मेरी किसी मज़दूर के घर की चौखट
जिस्म मेरा कहीं रस्ते में पड़ा हो जैसे

ऐसा लगता है खिले फूल पे शबनम[3] का वजूद
उसके होंटों पे मिरे हक़ में दुआ हो जैसे

यूँ मचलती हैं समाअत[4] पे हवा की लहरें
उसने चुपके से मिरा नाम लिया हो जैसे

यूँ समाया है हवाओं में बदन ख़ुश्बू का
रुह में ग़म कोई तहलील[5] हुआ हो जैसे

देख लेता है मुझे वो भी कनअंखियों से 'शकील'
मेरे मन में भी कोई चोर छुपा हो जैसे

---

1. आवाज़ 2. स्पर्श 3. ओस 4. श्रवण बोध 5. विलयन/घुलना

## 70

धूप से बरसरे-पैकार[1] किया है मैंने
अपने ही जिस्म को दीवार किया है मैंने

जब भी सैलाब मिरे सर की तरफ़ आया है
अपने हाथों को ही पतवार किया है मैंने

जो परिन्दे मिरी आँखों से निकल भागे थे
उनको लफ़्ज़ों में गिरफ़्तार किया है मैंने

पहले इक शहर तिरी याद से आबाद किया
फिर उसी शहर को मिसमार[2] किया है मैंने

बारहा[3] गुल से जलाया है गुलिस्तानों को
बारहा आग को गुलज़ार[4] किया है मैंने

जानता हूँ कि मुझे क़त्ल किया जाएगा
ख़ुद को सच कहके गुनहगार किया है मैंने

1. सामना 2. ध्वस्त 3. बार-बार 4. पुष्पित

71

बुझ गईं आँखें मिरी, हर रंग सादा हो गया
तकते-तकते राह तेरी चाँद आधा हो गया

एक थे तो हम मुकम्मल थे, जुदा जैसे हुए
वो भी आधा हो गया और मैं भी आधा हो गया

अब कहाँ रंगीन कपड़े, अब कहाँ बालों में फूल
हो गया बेरंग वो भी मैं भी सादा हो गया

मेरा कोई वज़्न था मुझमें, न था कोई शुमार
तुझमें शामिल हो के लेकिन मैं ज़ियादा हो गया

बच के चलना था कि ये जम्हूरियत[1] की थी बिसात[2]
इक ग़लत खेली हुई तो शाह प्यादा हो गया

1. लोकतंत्र 2. बाज़ी

मैं भी तन्हा हूँ, अकेली सी लगे है वो भी
अपनी आँखों में पहेली सी लगे है वो भी

मेरे अन्दर भी ख़मोशी है मज़ारों जैसी
एक वीरान हवेली सी लगे है वो भी

मैं भी जलता हूँ चराग़ों की तरह कमरे में
अपने आँगन में चमेली सी लगे है वो भी

रास्ता भूला हुआ हूँ कोई शहज़ादा मैं
और परियों की सहेली सी लगे है वो भी

मेरी आँखों में महकता है हिनाई[1] मौसम
अपनी रंगीन हथेली सी लगे है वो भी

गाँव के मेले में इक आशिक़े-दिलफेंक सा मैं
और इक नार नवेली सी लगे है वो भी

गमछा बाँधूँ तो लगूँ मैं भी बनारस जैसा
झुमका पहने तो बरेली सी लगे है वो भी

1. मेहंदी वाला

शह्र में कोई ऐसा हो
तुमसे मिलता जुलता हो

किससे दिल का हाल कहें
घर में कोई अपना हो

आँखों में जब नींद आये
बस तेरा ही सपना हो

मेरे नाम की तख़्ती पर
तेरा नाम भी लिक्खा हो

चाँद को ऐसे तकता हूँ
जैसे तेरा चेह्रा हो

इस जंगल उस बस्ती के
बीच में कोई रस्ता हो

खिड़की खोल के देखो तो
शायद जुगनू आया हो

इक मौसम ऐसा आये
क़तरा-क़तरा दरिया हो

## 74

मिले सभी से मगर कब सभी के साथ रहे
हमें भला जो लगा हम उसी के साथ रहे

तिरी गली हो कि मयख़ाने की गुज़रगाहें
हर इक मक़ाम पे हम बेख़ुदी के साथ रहे

इबादतों में भी रिश्ता रहा गुनाहों से
कभी फ़रिश्ता कभी आदमी के साथ रहे

जो सीधी राह चले उनको ज़िन्दगी न मिली
भटक गये जो वही ज़िन्दगी के साथ रहे

तिरा ख़याल अँधेरे में आ गया था हमें
तमाम रात हम इक रौशनी के साथ रहे

छाँव में रह के मिरी प्यास न मर जाए कहीं
ज़ख़्म भर जाने से अहसास न मर जाए कहीं

मेरी बहती हुई आँखों में तिरे ख़्वाब की फ़स्ल
बाढ़ के पानी में ये घास न मर जाए कहीं

आके लेजा! कि बहुत शोर है दिल में मेरे
तेरी तन्हाई मिरे पास न मर जाए कहीं

घोंसला देख के जागी है मकाँ की ख़्वाहिश
सोचता हूँ मिरा बनबास न मर जाए कहीं

ऐसी मायूसी कि बरसों से हँसी आई नहीं
ज़िन्दगी मुझमें तिरी आस न मर जाए कहीं

वो खिला हो तो उसे छूने से डर लगता है
हाथ की गर्मी से बू-बास[1] न मर जाए कहीं

2. सुगन्ध

76

ज़रा से ग़म के लिये जान से गुज़र जाना
मुहब्बतों में ज़रूरी नहीं है मर जाना

कभी लिहाज़ न रक्खा किसी रिवायत का
जो जी में आया उसे हमने मोतबर[1] जाना

वो रेत-रेत फ़ज़ा में तिरी सदा[2] का सराब[3]
वो बेइरादा मिरा राह में ठहर जाना

तमाम रात भटकना तिरे तआकुब[4] में
तिरे ख़याल की सब सीढ़ियाँ उतर जाना

वो मन में चोर लिये फिरना तेरे साये का
गली के मोड़ पे दीवारो-दर से डर जाना

'शकील' गाँव में सब लोग सो गये होंगे
अब इतनी रात को अच्छा नहीं है घर जाना

---

1. विश्वस्त 2. आवाज़ 3. मरीचिका 4. पीछा करना

## 77

सर गये क़ब्र में दस्तार पड़ी है घर में
इक विरासत है जो बेकार पड़ी है घर में

धूल उड़ाती है हवा जंग के मैदानों में
ज़ंग खाती हुई तलवार पड़ी है घर में

कश्तियाँ बह गईं सैलाब है चारों जानिब
एक टूटी हुई पतवार पड़ी है घर में

हमने आँखों में छुपा रक्खी थी बहार की घटा
अब जो बरसी है तो बौछार पड़ी है घर में

मैं इधर रहता हूँ टूटे हुए आईने सा
एक सूरत है जो उसपार पड़ी है घर में

मैं कहीं खोया हुआ हूँ किसी पाज़ेब के साथ
और बिखरी हुई झनकार पड़ी है घर में

एक चौखट से ही सब आते हैं जाते हैं मगर
अन्दर-अन्दर कोई दीवार पड़ी है घर में

78

किसी भी खेत पे बरसे, कहीं का हो जाए
खुदा करे कि ये बादल ज़मीं का हो जाए

दुआ करो वो सितारा ज़मीं पे टूट गिरे
हमारे साथ रहे और यहीं का हो जाए

अजब नहीं कि जहाँ हम गुमान से निकलें
वहीं पे क़त्ल दुबारा यक़ीं का हो जाए

मैं चाहता हूँ कि अबके फलक[1] का कोई अज़ाब
मकाँ के नाम न उतरे मकीं[2] का हो जाए

मैं उसके जिस्म का सब ज़हर पी के मर जाऊँ
अगर वो साँप मिरी आस्तीं का हो जाए

मिरे 'शकील' को परियों के देस मत भेजो
अजब नहीं कि ये पागल वहीं का हो जाए

1. आकाश 2. निवासी

चाँद भी गुम है, सितारा भी नहीं है कोई
तू नहीं है तो नज़ारा भी नहीं है कोई

अब जियें किसके लिये और पियें किसके लिये
लड़खड़ाने को सहारा भी नहीं है कोई

भागते रहते हैं सैलाब के पानी की तरह
रूकना चाहें तो किनारा भी नहीं है कोई

क्या पता कौन सा रस्ता है हमारी ख़ातिर
किस तरफ जायें इशारा भी नहीं है कोई

तुम भी इस शहर में रहते हो अकेले शायद
हम भी तनहा हैं हमारा भी नहीं है कोई

ख़्वाहिशें और भी कुछ तेरे सिवा चाहती हैं
इक सिवा तेरे गवारा भी नहीं है कोई

कभी हूँ धूप, कभी बादलों के जैसा हूँ
मैं तेरे साथ तिरे मौसमों में रहता हूँ

मिले जो वक़्त अकेले में सुन के देख मुझे
मैं तेरे दिल में नहीं रूह में धड़कता हूँ

शबे-फिराक़[1]! तिरी आँख के सितारों से
मैं रोज़ कितने ख़यालों की माँग भरता हूँ

बचा ले मुझको शबे-हिज्र[2] की तबाही से
मैं तेरे जिस्म का सबसे अज़ीज[3] हिस्सा हूँ

अभी भी वक़्त है दामन में जज़्ब[4] कर ले मुझे
ज़रा सी देर में पलकों से गिरने वाला हूँ

सुनेंगे लोग मिरा दर्द अगले वक़्तों में
मैं आने वाले दिनों के खंडर का क़िस्सा हूँ

ज़रा सी पाँव की आहट भी हो तो जाग उठूँ
मैं अपनी नींद को चौखट पे रखके सोया हूँ

जो मुझको दिन के उजाले में ढूँडती हैं 'शकील'
मैं रात भर उन्हीं आँखों में बन्द रहता हूँ

---

1, 2. वियोग की रात 3. प्रिय 4. समो

# 81

घर इतने वीरान नहीं थे
जब ये रौशनदान नहीं थे

बातें भी हम ही सुनते थे
दीवारों के कान नहीं थे

सर टकराके घर आना था
पत्थर में भगवान नहीं थे

जाने कैसी तबदीली थी
आईने हैरान नहीं थे

आँखों की इक भीड़ लगी थी
मंज़र के इमकान[1] नहीं थे

लुटना आख़िर हमको ही था
घर थे हम दरबान नहीं थे

आँखों में बीनाई कम थी
चेहरे सब अनजान नहीं थे

1. संभावना

## 82

दिल से जो जाता है, थोड़ा भी नहीं रूकता है
ईंट क्या पानी पे रोड़ा भी नहीं रूकता है

अपनी ही शक्ल में रहने पे बज़िद है लोहा
देखिये क्या हो हथोड़ा भी नहीं रूकता है

रोज़ लगता है मिरे जिस्म पे नश्तर कोई
और बढ़ता हुआ फोड़ा भी नहीं रूकता है

जाने किस जुर्म की ताज़ीर मिली है मुझको
जाँ निकलती नहीं कोड़ा भी नहीं रूकता है

रास्ता है कि पुकारे ही चला जाता है
मैं भी थकता नहीं घोड़ा भी नहीं रूकता है

ग़र्क़ होता है किनारा तो सफ़ीने ही नहीं
पंछियों का कोई जोड़ा भी नहीं रूकता है

## 83

कुर्ते पर कुछ फूल कढ़ाए रहते हैं
हम भी अपना भाव बढ़ाए रहते हैं

उन आँखों ने ऐसा हमको मस्त किया
हम हरदम दो पैग चढ़ाए रहते हैं

सनक गई है वो भी हमसे मिलकर कुछ
हम भी दाढ़ी मूँछ बढ़ाए रहते हैं

प्यार का ख़त हर बार नया ही लगता है
शब्द भले ही पढ़े-पढ़ाए रहते हैं

इश्क़ में अब नादान नहीं होता कोई
आशिक़ सारे गढ़े-गढ़ाए रहते हैं

अन्दर इक किरदार कहीं है सोने सा
चेहरे पर हम जिसे चढ़ाए रहते हैं

पीतल में भी अस्ली-नक़्ली होता है
लोहे पर कुछ लोग मढ़ाए रहते हैं

रात, सर्दी, ख़ौफ, जंगल और मैं
एक लड़की, एक कम्बल और मैं

बार, होटल, फिल्म, पिकनिक, मस्तियाँ
चार दिन जंगल में मंगल और मैं

देर तक करते हैं तेरी गुफ़्तगू
ऐश्ट्रे, व्हिस्की की बोतल और मैं

रूह तक जलते हुए माथे का शोर
इक हथेली नर्म कोमल और मैं

गाँव, मकतब,[1] बचपना, तख़्ती, किताब
खेल, थप्पड़, माँ का आँचल और मैं

टूटते रहते हैं मिट्टी के लिये
फूल, ख़ुश्बू, रंग, बादल और मैं

भागती सड़कें, धुआँ, गर्दो-ग़ुबार
ऑटो रिक्शा, चौक,[2] भागल[3] और मैं

1. पाठशाला 2, 3. 'सूरत' नगर के भीड़ भाड़ वाले दो चौराहे

## 85

कल हवा में बिखर गया था मैं
फिर न जाने किधर गया था मैं

वो था इक ख़त्म होते रस्ते सा
जिसपे चलकर ठहर गया था मैं

उसकी आँखों में एक दरिया था
जिसमें इक दिन उतर गया था मैं

अपनी नज़रों से गिरके उठ पाना
ऐसा करने में मर गया था मैं

उसको देखा था उससे ही छुपकर
फिर वहाँ से गुज़र गया था मैं

जब कहीं भी मुझे जगह न मिली
अपनी आँखों में भर गया था मैं

देर तक उसका इन्तेज़ार किया
फिर अकेला ही घर गया था मैं

कई आँखों में रहती है कई बांहें बदलती है
मुहब्बत भी सियासत की तरह राहें बदलती है

इबादत में न हो गर फायदा तो यूँ भी होता है
अक़ीदत[1] हर नई मन्नत[2] पे दरगाहें बदलती है

न इक सा आबो-दाना[3] है, न कोई इक ठिकाना है
मुसाफिर की थकन हर शब पनहगाहें बदलती है

हज़ारों मंज़िलें आईं मगर ठहरा नहीं हूँ मैं
अजब इक जुस्तुजू[4] है जो गुज़रगाहें[5] बदलती है

उगे हैं बस्तियों में जो वो सब जंगल हमारे हैं
हवाए- शह्र भी जिस वक़्त हम चाहें बदलती है

1. आस्था 2. प्रार्थना 3. दाना-पानी 4. खोज 5. रास्ते

## 87

उम्र बिन्दास हो तो यूँ भी जिया जाता है
जुल्फ़ से काम दुपट्टे का लिया जाता है

खूब हँगामा भी हो जाँ भी सलामत रह जाय
ज़हर अब इश्क़ में इस तर्ह पिया जाता है

जिस सफर में कोई मन्ज़िल की ज़मानत ही न हो
चलके कुछ दूर उसे छोड़ दिया जाता है

बीवी-बच्चों से भरे घर में अगर जी न लगे
तो किसी और जगह फ़ोन किया जाता है

घर की पिक्चर में कई रोल अदा करती है माँ
खाना भी बनता है कपड़ा भी सिया जाता है

# नज़्में

नज़्म की बुनत में बेख़बरी के साथ ध्यान भी ज़रूरी है, बेख़बरी क्रिएशन की ज़रूरत है और ध्यान उसे क्राफ़्ट से मिलाता है, क्रिएशन और क्राफ़्ट के मिलाप से नज़्म में ख़ूबसूरती पैदा होती है। नज़्म शायर को एक ही बैठक में अपना पूरा रंग-रूप नहीं दिखाती, धीरे-धीरे खुलती है। बेख़बरी में लिक्खी हुई कई ढली-ढलाई ग़ैरज़रूरी लाइनें अगली बैठकों में बेदर्दी के साथ काटी भी जाती हैं, और ध्यान के सहारे कई नई लाइनें जोड़ी भी जाती हैं। अच्छी नज़्म का परिचय ये है कि वह भूमिका बनाती हुई शुरू होकर बीच में अपनी कल्पना के कैनवास भर फैले और आख़िरी दो-चार पंक्तियों में ख़याल का पूरा निचोड़ लिए किसी रहस्यमय फ़लसफ़े या किसी खुले हुए सन्देश में ढलकर एक ड्रामाई अन्दाज़ के साथ छत से लटकते काँच के झूमर की तरह पाठक के दिलो-दिमाग़ के फ़र्श पर छनाके से गिरे और टूट कर दूर तक बिखर जाए।

—शकील आज़मी

# दूसरे दर्जे की पिछली क़तार का आदमी

गोश्त
मछली
सब्ज़ियाँ
बनिये का राशन
दूध-घी
मुझको खाती हैं ये चीज़ें
मैंने कब खाया इन्हें
मेरा घर रहता है मुझमें
घर में मैं रहता नहीं
बीवी बच्चों के फटे कपड़ों में मैं हूँ
और नए जोड़ों की ख़ुशियों में
छुपा जो कर्ब[1] है
वो भी हूँ मैं
फ़ीस में स्कूल की
कापी-किताबों में भी मैं
मैं ही हूँ चूल्हे की गैस
मैं ही हूँ स्टोव का तेल
मेरे जूते जोंक की मानिन्द
मेरे पाँव से लिपटे हुए हैं
चूसते हैं मेरा ख़ून
मेरा स्कूटर
मिरे कांधों पे बैठा है
मैं उसके टायरों में घूमता हूँ
और घिसता हूँ

1. पीड़ा

# मौरूसी[1] मकान

जाने कब से भीग रहा हूँ याद नहीं
बारिश और बदन के बीच अँधेरा है
आँखें बन्द पड़ी हैं फिर भी
अन्दाज़े से देख रहा हूँ
दूर बहुत इक मिट्टी का घर
जैसे अब गिरने वाला है
अच्छा है कि दरवाज़े पर ताला है
गलियाँ सब वीरान पड़ी हैं
बाहर खेलने वाले बच्चे अपने-अपने घर दुबके हैं
गाय-भैंस अपनी नांदों में
बेफिक्री से मुँह लटकाए
मस्ती से पघुरी[2] करती हैं
लेकिन बैठक में इक कोने
लंगड़ी कुतिया ऊँघ रही है
उसकी हालत
घर की हालत
बिल्कुल ही इक जैसी है
घर गिर जाए तो मैं अपनी आँखें खोलूँ
अपने-आप को मल्बे से बाहर ले आऊँ
जश्न मनाऊँ लंगड़ी कुतिया के मरने का

1. पैतृक 2. जुगाली

## मौरूसी मकान - 2

वो घर!
अजदाद[1] का वो घर
कि जिसमें मैं न रहता था
मगर बरसात के मौसम में वो मुझपर टपकता था
हवाए-तुन्द[2] जब दीवार या खपरैल से लड़ती
बदन छिल जाता था मेरा
अजब क़ुर्बत थी उस मिट्टी से इस मिट्टी की दूरी में
वो घर अब बिक चुका है
मैंने ही बेचा भी है उसको
कि शायद इस तरह राहत मिले मुझको
अब आने वाली बरसातें मिरी मिट्टी पे ना बरसें
कोई आँधी मिरे अहसास की दीवार न ढाये
मगर ऐसा न हो पाया
मिरे अजदाद मुझमें जी उठे हैं
मैं उस घर के दरो-दीवार के नीचे
बहुत नीचे
कहीं ज़ख़्मीं पड़ा हूँ

1. पूर्वज 2. तेज़ हवा

## सफ़ेद पंछी

(अपने बूढ़े और बीमार बाप के लिए एक दुआ)

ख़ुदाए-बर्तर!
फ़सीले-जाँ के सभी पलस्तर उखड़ चुके हैं
तमाम ईंटें दिखाई देने लगी हैं अब तो
कहीं-कहीं से तमाम गारे भी बह चुके हैं
वो इस लिए कि कई बरस से न धूप निकली न चाँद निकला
न कोई तारा ही झिलमिलाया
यहाँ तलक कि हवा के हाथों में इक दिया जो बुझा-बुझा था
कि जिसमें पिन्हाँ थी लव उमीदों की
गिरके दस्ते-हवा से सैले-रवाँ की लहरों में खो चुका है
सफ़ेद पंछी भी उड़ चुके हैं
यही है सबब है फसीले-जाँ की तमाम सिम्तें कई बरस से हैं
तीरगी में
ख़ुदाए-बर्तर!
बड़ों को कहते सुना है मैंने
कि तू अँधेरे उजाल देता है
तू अज़ाबों को टाल देता है
गर ये सच है तो एक ऐसी सहर अता कर
कि जिसके दिल में सफ़ेद बादल का ग़म नहीं हो
कि जिसकी आँखों में काले बादल का डर नहीं हो
कि जिसके सर पर खुला हुआ इक गगन हो नीला
जहाँ से सूरज की तेज़ किरनें ज़मीं पे उतरें

तमाम सैले-रवाँ को पी लें
तमाम गीली ज़मीं सुखा दें
फसीले-जाँ से सफ़ेद पंछी जो उड़ गए थे अँधेरा कर के
चराग़ जलते ही लौट आएँ

## मेरा बाप

खुली फ़ज़ा[1] में साफ हवा के जैसा वो
बारिश के पानी के जैसा उजला वो
गहरा था मिट्टी से रिश्ता पैरों का
इस रिश्ते के बीच न आई चप्पल भी
घड़ी न बाँधी कभी कलाई पर उसने
सूरज तारे वक़्त उसे बतलाते थे
अपने बल पर अपनी धुन में रहता था
नहीं किसी से गाँव में वो डरता था
वो दाना था
वो मिट्टी था
वो पौधा था
वो मौसम था
वो तनहा था
एक बड़े से घर में तनहा रहता था
भैंसें उसकी साथी थीं
उसकी बात समझती थीं
वो भी उनकी ही भाषा में
उनसे बातें करता था
घर पर अक्सर लगा के ताला यूँही सा
खलियानों में रहने वाला बाप मिरा
खेतों-खेतों बसने वाला बाप मिरा
आम की छाँव में सोने वाला बाप मिरा
अब मिट्टी में सोता है
आम के पेड़ की ख़ुश्क जड़ों में रोता है

1. वातावरण

## चट्टान पर उगा हुआ पेड़

मैं ऐसा बीज, जो ख़ुद अपने ही लहू में सड़ा
किसी ने बोया नहीं मुझको अपनी मिट्टी में
ज़मीन पर नहीं चट्टान पर उगा हूँ मैं
न बादलों ने मिरे लब भिगोए बारिश में
न सर्दियों से मिरी धूप ने हिफ़ाज़त की
गिराने आईं कई बार आँधियाँ मुझको
मिरे खिलाफ़ बहुत मौसमों ने साज़िश की
मगर खड़ा ही रहा मैं उखड़ते पैरों से
कुछी दिनों में मिरे रंग-रूप यूँ बदले
चटान मुझमें मैं चट्टान में उतरता गया
अब आसमाँ मिरी शाख़ों को छूना चाहता है
ज़मीन मेरे तने से लिपटना चाहती है
मगर मैं ख़ुद को चटानों पे तोड़ देता हूँ
सुकून मिलता है जज़्बों को रायगाँ[1] करके
ज़मीन! तुझसे यही इन्तेक़ाम है मेरा

1. व्यर्थ

## पहचान

मेरे अपनो!
हमारी कई पुश्तों[1] ने
फावड़े, बैल और हल के अतराफ़[2] ही
घूम कर तन छुपाए
मगर पेट की आग बुझ ना सकी
और ख़ुद वो ज़मीं की ग़िज़ा[3] बन गए
जिनके नामों की अब तख़्तियाँ भी
जो ढूँडो तो मिलती नहीं
जिनकी क़ब्रों के नामो-निशाँ मिट चुके
और जिन्हें अब कोई जानता तक नहीं
तुम ज़मीनों के मौसम में खोये रहे
और कुएँ से निकलने की कोशिश न की
तुमने लफ़्ज़ों पे भैंसों को तरजीह[4] दी
और पागल कहा तुमने मुझको
कि मैं सोचता हूँ बहुत
ये क़लम जो मिरी ज़िन्दगी है
जिसे तुम मिरे हाथ से
छीनने आए हो
छीन लो
ख़त्म कर दो मुझे
इससे पहले मगर सोच लो
मैं तुम्हारे सभी
ज़िन्दा और मुर्दा लोगों की पहचान हूँ

---

1. पीढ़ियों 2. चारों ओर 3. भोजन 4. प्रधानता

## अपना शोला अपनी राख

मैं कि फ़नकार हूँ उजालों का
और अँधेरों में क़ैद रहता हूँ
मैं कि तख़लीक़कार[1] हूँ लेकिन
भूक और प्यास मेरी क़िस्मत है
एक उँगली कई सवाल लिए
मुझमें नेज़े[2] की तर्ह चुभती है
और मैं ज़ख़्म-ज़ख़्म काँधों पर
ज़िन्दगी को उठाए फिरता हूँ
वक़्त रस्ते में रोक कर मुझको
रोज़ो-शब का हिसाब माँगता है
ज़िन्दा रहते हैं फिर भी अहसासात
आगही[3] के दिये नहीं बुझते
हर नई रात मौत का पैग़म
हर नया दिन है ज़िंदगीनामा
रोज़ जीता हूँ रोज़ मरता हूँ
रोज़ जलता हूँ रोज़ बुझता हूँ
कोई दिन यूँ बुझूँ कि जल न सकूँ
कोई दिन यूँ मरूँ कि जी न सकूँ

---

1. रचनाकार 2. भाला 3. इल्म/खबर/पूर्वाभास

## फ़रार

मैं कि बचपन में एक दिन घर से
ऐसा भागा कि भागता ही रहा
शहर-दर-शहर बेघरी का अज़ाब
आसमाँ मेरे नाम लिखता रहा
मेरी ख़ानाबदोशियाँ मुझसे
कह रही हैं कि ठहर जाऊँ कहीं
और कुछ थक चुका हूँ अब मैं भी
चाहता हूँ कि एक शब के लिए
ठहर कर रास्ते में दम ले लूँ
इससे पहले कि ख़ेमा[1] नस्ब[2] करूँ
चन्द साए मिरे तआक़ुब[3] में
दूर ही से दिखाई देते हैं
और फिर भारी-भारी क़दमों की
चाप कानों में पड़ने लगती है
फ़ास्ला भी सिमटने लगता है
और मैं फिर से पागलों की तरह
एक जानिब को दौड़ पड़ता हूँ
और फिर सब डरावने साए
धुन्द के पीछे डूब जाते हैं
मैं कि इस बार भी सदा की तरह

1. तम्बू 2. गाड़ना 3. पीछा करना

इनके चँगुल से बच निकलता हूँ
बच निकलना भी इक अज़ाब सा है
सिलसिला ख़त्म क्यों नहीं होता
एक जाए-अमान[4] की ख़ातिर
कब तलक भागता रहूँगा मैं

4. सुरक्षित स्थान

## बिखराव

बिस्तर दिन भर यूँही बिखरा रहता है
रात को काफ़ी देर से सोने आता हूँ
सूरज जब आँखों में आकर गिरता है
डोल में भरकर दूर से पानी लाता हूँ
टूथ पेस्ट और ब्रश कहीं पर होते हैं
साबुनदानी ताक़ पे रक्खी मिलती है
लेकिन साबुन अक्सर ग़ायब होता है
बाथरुम भी चलता-फिरता रहता है
छालों ने पैरों से कल भी पूछा था
ये सब चीज़ें एक जगह कब आएँगी

## बिस्तर की नज़्म

पीले तन पर मैल लपेटे
धूल भरे बिखरे बालों में
नंगी और ज़ख़्मी टाँगों से
शह्र में इक पागल फिरता है
आते जाते हर मन्ज़र को
ख़ाली आँखों से तकता है
रात को उसके गन्दे कपड़े
मेरा जिस्म पहन लेते हैं
और मुझे नींद आ जाती है

## बड़े शहरों के मज़दूर

ज़िन्दा रहने की ख़्वाहिश में
दिन का बोझ उठाने वाले
रातों को जब थक जाते हैं
दारू से रोटी खाते हैं
और सड़क पर सो जाते हैं
सूरज जब मिलने आता है
जेबें सब ख़ाली होती हैं

# मुंबई में वक़्त

किसको इतनी फ़ुर्सत है जो तुम्हें जगाए
चाय पिलाए, बात करे, बाहर ले जाए
लेकिन ट्रेनें लम्हा भर ही रूकती हैं
सूरज भी बीड़ी सुलगाकर चल देता है

# मुंबई की बारिश

मैं जब फुटपाथ पर सोता था तो बारिश से डरता था
मिरी वो खाट जो मुझको कई फ़ाक़ों के बदले में मिली थी
वो इक छप्पर तले आधी से ज़्यादा भीग जाती थी
कहाँ फिर नींद आती थी
उसी बारिश ने मेरी सब पसन्दीदा किताबों को
हवाले कर दिया था दीमकों के
मिरे अल्बम की तस्वीरों में जितने रंग थे सब धो दिए थे
बहुत कुछ मुंबई की बारिशों में खोया है मैंने
ख़ुदा लेकिन हुआ जब मेहरबाँ तो
बड़ा सा घर मिला मुझको
अब अपने घर की खिड़की से मैं काले बादलों का पीछा
करता हूँ
कहाँ से कितना पानी लाते हैं
कैसे बरस्ते हैं
सभी कुछ देखा करता हूँ
भला लगता है मुझको बारिशों के मन्ज़रों को देखते रहना
यही बरसात जो पहले बहुत मुझको डराती थी
मिरे बिस्तर में मेरे साथ गहरी नींद सोती है
गरज कर बारहा जो मुझपे गिरती थी वही बिजली
मिरे कमरे के नाइटबल्ब में हलके से जलती है
दुशाला बादलों का ओढ़कर ख़्वाबों में चलती है

## रास्ता बुलाता है

रंग बुझने लगे हैं आँखों में
बिल्डिंगें जुगनुओं सी लगती हैं
चाँद तारे कहाँ हैं क्या मालूम
लड़कियाँ अधखुले बदन वाली
इक ज़रा पास से गुज़रती हुई
जो मिरा दर्द बाँट लेती हैं
सो चुकी होंगी अपनी क़ब्रों में
अब कहीं ज़िन्दगी का नाम नहीं
भूक ने पाँव बाँध रक्खे हैं
फिर भी चलने पे हूँ बज़िद कि अभी
चन्द लाशें हैं हसरतों की जिन्हें
सुब्ह से पहले दफ़्न करना है
बोझ कुछ कम हो तो कहीं बैठूँ
और फिर बैठे-बैठे सो जाऊँ
फिर कोई ख़्वाब देखूँ कल के लिए
अभी इक रोज़ और जीना है

# वो

वो!
अपनी झोपड़पट्टी से
शाम ढले बाहर आता है
लम्बे-चौड़े बँगलों वाली
इक बस्ती में घुस जाता है
साफ़ कुशादा[1] गलियों में
यूँही घूमता-फिरता है
मज़ेदार खानों की ख़ुश्बू सूँघता है
खिड़की और दरवाज़ों से
घरों के अन्दर झाँकता है
आँखों से चेह्र‍रे चुनता है
आते-जाते जिस्मों का
नज़रों से पीछा करता है
हरे-भरे जिस्मों के लम्सल[2]
मज़ेदार खानों की ख़ुश्बू
ज़ेह्न में लेकर
वापस खोली पर आता है
रोज़ का खाना नए जायक़े से खाता है
इसके कूल्हे
उसकी टाँगें
इसका चेह्रा
उसके बाल
इक काली-पीली औरत में
नत्थी करके सो जाता है

1. खुला हुआ 2. स्पर्श

## पीने के बाद

शाम ढली तो बीयर बार में दिन निकला
व्हिस्की के दो पैग में सारे ग़म डूबे
अदब,[1] सियासत, मज़हब से तारीख़[2] तलक
हर मौज़ूअ[3] पे थोड़ी-थोड़ी बात चली
हिन्दू, मुस्लिम, मन्दिर, मस्जिद को लेकर
कई सियासी लीडर पर तलवार चली
हिन्दो-पाक के बटवारे पर
क़ायदे-आज़म[4] और बापू से नफरत का इज़हार हुआ
सारे अच्छे उदबा[5] शोअरा[6]
हदफ़[7] बने अपनी गाली के
'अल्लामा इक़बाल' को जोड़ा 'अडवानी' से
'मीरो'-'ग़लिब' ख़ाक हुए
फारूक़ी, नारंग, वारिस[8] की तनक़ीदों[9] में क्या रक्खा है
अलवी और निदा[10] से हम अच्छा लिखते हैं
होश आया तो सभी किताबें
कमरे के अन्दर बिखरी थीं
हमने सबको बारी-बारी चुनकर चूमा गले लगाया
और सलीक़े से ले जाकर मेज़ पे रक्खा
सुब्ह का सूरज इल्म की किरनें ले आया
आँखों में फिर पाकी[11] आई
रात गई और बात गई

1. साहित्य 2. इतिहास 3. विषय 4. जिनाह 5. साहित्यकार 6. शायर का बहुवचन 7. निशाना 8. समकालीन आलोचक 9. आलोचनाओं 10. मुहम्मद अलवी व निदा फाज़ली 11. पवित्रता

# जंगल का आदमी

आकाश रहा छप्पर मेरा
ये धरती थी बिस्तर मेरा
सूरज को ख़ुदा बनाया था
इक नूर उसी से पाया था
पत्थर से आग जलाई थी
लकड़ी से नाव बनाई थी
सर पर दो सींग सँवारे थे
तीरों से दरिन्दे मारे थे
पोशाक बुनी थी पत्तों से
रिश्ता था अजब दरख़्तों से
फल सारे मिरी ग़िज़ाएँ[1] थे
गुल बूटे मिरी दवाएँ थे
गर्मी से तन को ढाँपा था
सर्दी को जलाकर तापा था
बादल बरसे तो भीग गया
जब धूप खिली तो सूख गया
मैं छतरी के बिन चलता था
मौसम के साथ बदलता था
जब मैं जंगल में रहता था

1. ख़ुराक

# बीसवीं सदी की क़ब्र पर

सौ-सौ बच्चे पैदा करने वाली माँ!
तू कितनी तनहा लगती थी
घर के इक कोने में फेंकी रहती थी
बोझ था कितना तेरे हड्डी की ढ़ाँचों पर
तेरे लोग ही तेरी भाषा से अनजान
तेरा पहनावा उनके कपड़ों से अलग
मैं तेरे दुख समझ रहा हूँ
हमजोली हूँ तेरे उन्तीस बेटों[1] का
तू घर-आँगन खेतों और खलियानों वाली भोली औरत
पनघट पर बलखाने वाली चनचल लड़की
घूँघट में शरमाने वाली प्यारी दुल्हन
रात-रात भर जागने वाली अच्छी माँ
तेरे बेटे ऐटम बम से खेल रहे हैं
पाँव तले बारूद बिछा कर नाच रहे हैं
सबको नफरत बाँट रहे हैं
कितना फर्क़ है तुझमे और तेरे बेटों में
मुझको डर है तेरे बेटे
दुनिया जीतने के चक्कर में
दुनिया ही को ख़त्म न कर दें
अच्छा हुआ जो तू मर गई
अपनों के मरने से पहले
दुनिया के मिटने से पहले
मैं तेरे मरने से ख़ुश हूँ

1. शायर की आयु तब 29 वर्ष थी

## इक्कीसवीं सदी की पैदाइश पर

जानता हूँ
सौ साल मिला जीवन तुझको
सेहत भी तेरी अच्छी है
लेकिन फिर भी
मुझको तेरी लम्बी उम्र पे शुब्हा है
ऐसी दुनिया
जहाँ गुनाहों के सैलाब हैं चारों सिम्त
महँगाई हर शय पर साँप बनी बैठी है
आदमी-आदमी का दुश्मन है
भाषा, मज़्हब, रंग, नस्ल के झगड़े हर जानिब फैले हैं
मुल्क-मुल्क में ख़ानजंगी
सरहद-सरहद जंगों की तय्यारी है
गाहे-गाहे आस्मान से अज़ाब उतरते रहते हैं
घर-घर बीमारी फैली है
ऐसे में तेरी सेहत भी कब तक अच्छी रह सकती है
रोग लगेंगे तुझको भी
तू भी हम लोगों की तरह
वक़्त से पहले मर जाएगी

## पर्दे के पीछे का अँधेरा

ये फ़िल्मी दुनिया
है ऐसी दुनिया
जहाँ हमेशा से ऐक्टरों की है हुक्मरानी
बग़ैर इनके न कुछ है मन्ज़र
न कुछ कहानी
सड़क से बाज़ार और घर तक
हर एक जानिब ये दिख रहे हैं
यही करोड़ों में बिक रहे हैं
हज़ारों फ़नकार अपने फ़न से
जो इनकी फ़िल्में सजा रहे हैं
कहीं वो गायब हैं
लापता हैं
न जाने किसकी वो बद्दुआ हैं
करोड़ों मज़दूर अपने काँधों पे
लाइटों का पहाड़ उठाए
कई ज़मानों से चल रहे हैं
बहुत अँधेरा है उनके घर में
जो पीछे पर्दे के जल रहे हैं
इसी जहाँ में है इक क़लम भी

कि जिससे निकला था एक गब्बर[1]
कि जिसने लिक्खा था इक मुगेम्बो[2]
कि जिसने सोचा था एक बिरजू[3]
कि जिसने पर्दे पे इक विजय[4] की तलाश की थी
इसी क़लम ने विलन को मारा
बदी पे नेकी की जीत लिक्खी
रिवाज़ नफ़रत का काट डाला
नई मुहब्बत की रीत लिक्खी
क़लम ने ऐक्टर को जान दी है
ख़मोशियों को ज़बान दी है
क़लम ने लिक्खे हैं गीत ऐसे
कमाती फ़िल्में हैं जिनसे पैसे
मगर क़लम की नहीं है क़ीमत
मगर क़लम की नहीं है इज़्ज़त
मिलेगा कब इस क़लम को चेहरा
वो दौर आएगा कब सुनहरा
मैं पीछे पर्दे के सोचता हूँ
ये खेल बरसों से देखता हूँ

1. अमजद ख़ान (शोले) 2. अमरीशपुरी (मिस्टर इंडिया) 3. सुनील दत्त (मदर इंडिया) 4. अमिताभ बच्चन (अनेक फ़िल्में)

## हीरोइन

तलाश करता था उसको ही लाइटों का नगर
उसी के चेहरे पे खुलती थी कैमरे की नज़र
तमाम जिस्म अदाकारी से लहकता था
उसी की ख़ुश्बू से स्टूडियो महकता था
वो इक सितारा करोड़ों दिलों की धड़कन थी
हसीन इतनी कि वो ख़ुद ही अपना दर्पन थी
सिंगार जितने थे सारे उसी के होते थे
लिबास उसके बदन से उतरके रोते थे
अदाएँ ऐसी कि पर्दे पे हुन बरस्ता था
ज़माना एक झलक के लिए तरस्ता था
वो जब तलक न जगे दिन नहीं निकलता था
हरेक सुब्ह का सूरज उसी से जलता था
सितारे सोते न थे उसके नींद आने तक
वो फ़िल्मी दुनिया पे छाई रही ज़माने तक
मगर ये उम्र ठहरती नहीं जवानी की
कहानी मोड़ बदलती है ज़िन्देगानी की
हर इक चढ़ान के रस्ते में इक ढलान भी है
जहाँ ख़ुशी है वहीं ग़म की दास्तान भी है
ये ग़म, वो चीज़ है जो बाँटने से बटती नहीं
ग़मों की रात कभी काटने से कटती नहीं
बहुत से ग़म थे मगर कोई ग़मशनास न था
वो जब मरी तो कोई उसके आस-पास न था

# एक सिंगर लड़की की डायरी

आज की सुब्ह में मस्ती सी थी
आज मैं देर तलक सोई रही
खुल गई आँख मगर बिस्तर पर
यूँही बेनाम ख़यालों में कहीं खोई रही
आज अंगड़ाई से भी जिस्म की आलस न गई
ठन्डा-ठन्डा सा रहा शौक़ भी मौसीक़ी का
प्यानो खोला तो बजाने की तबीअत न हुई
तानपूरे पे कोई सुर न लगा अच्छे से
हॉल में आके ज़रा देर यूँही बैठ गई
आँख ठहरी नहीं टीवी के किसी चैनल पर
खिड़कियाँ खोलके बाहर की तरफ भी देखा
कोई मन्ज़र न हमाहंग हुआ नज़रों से
घर की हर चीज़ क़रीने से सजी थी लेकिन
मैंने हर चीज़ की तरतीब बदलकर देखी
सब जतन कर लिए माहौल न बदला दिल का
बेवजह आज भरे घर में कमी सी कुछ थी
बेवजह आँख के गोशों में नमी सी कुछ था
जाने क्या सोचके फिर खोलके अलमारी से
एक इक करके निकाले सभी तोहफे तेरे
एक इक तोहफे से वाबस्ता थीं यादें तेरी
ऐसी यादें जो कई साल तलक फैली थीं
मेरे माज़ी से मिरे हाल तलक फैली थीं
फिर से इक बार उसी तरह जिया मैंने तुझे
फिर से इक बार बहुत प्यार किया मैंने तुझे

## फ़ोटोजनिक चेहरे

बहुत फ़ोटोजनिक थे हम
चुना था हमने तस्वीरों से ही इक दूसरे को
मगर जब हम मिले तो
न वो मैं था
न वो तुम थे
हम अपनी-अपनी हैरानी में गुम थे
जो हम इक दूसरे में ढूँडते हैं
वो लाइट का करिश्मा था
सफ़ाई कैमरे की थी
अगर हम इस हक़ीक़त को समझ जाएँ
तो शायद पा सकें इक दूसरे को
बहुत मुम्किन है कुछ दिन साथ रहकर
हमारे चेहरे वैसे ही चमक जाएँ
मुहब्बत में हज़ारों रौशनी के रंग होते हैं
मुहब्बत करने वाले ज़िन्दगी के संग होते हैं

## झूठी मुहब्बत

तुम्हारा मैं हूँ
मिरे तुम हो
अच्छे जुमले हैं
मगर ये बात बहुत दूर है हक़ीक़त से
कहीं से तुम हो अधूरे
कहीं से ख़ाली मैं
तुम अपनी तर्ह मुझे इस्तेमाल करते हो
मैं अपनी तर्ह तुम्हें इस्तेमाल करता हूँ
ये ज़िन्दगी है
यहाँ घात में है हर कोई
सब अपनी-अपनी ज़रूरत में छुपके बैठे हैं
कहीं नहीं है मुहब्बत
फ़रेब है सब कुछ
मगर ये झूटी मुहब्बत बहुत ज़रुरी है
लहू में जैसे हरारत बहुत ज़रुरी है

# ख़िज़ाँ[1] का मौसम रुका हुआ है

गई हो जबसे
मैं एक कमरे में बन्द सा हूँ
तुम्हारी यादें
मिरे ख़यालों में
जुगनुओं की क़तार बनकर चमक रही हैं
तुम्हारी ज़ुल्फ़ें
मिरे तसव्वुर की वादियों में महक रही हैं
वो बाल!
चाहत की साअ़तों[2] में
तुम्हारे सर से जो गिर गए थे
उन्हें मैं चुनकर
बड़ी मुहब्बत से सूँघता हूँ
तुम्हारे कुरते से टूटकर जो
सफ़ेद मोती बिखर गए थे
उन्हें मैं चुनकर
बड़ी अक़ीदत[3] से चूमता हूँ
वो मेरा कमरा!
तुम्हारे आने से
जो चमन में बदल गया था
हज़ारों रंगों के फूल खिलने लगे थे जिसमें
तुम्हारे जाने से
फिर से वीरान हो गया है

1. पतझड़ 2. लम्हों 3. श्रद्धा

वो दिल!
जो धड़का था तुमसे मिलके
वो फिर से बेजान हो गया है
न अब किताबों में शायरी है
न अब शराबों में बेख़ुदी[4] है
न अब गुलाबों में ताज़गी है
तमाम गमले, तमाम पौदे
मिरी तरह से उजड़ चुके हैं
हर एक शै पर ख़िजाँ का मौसम रूका हुआ है
मिरे लबों पे
तुम्हारे बोसों की जो नमी थी
वो ख़ुश्क होने लगी है जानाँ
मिरी नज़र में
तुम्हारी आँखों का जो नशा था
वो ख़त्म होने लगा है जानाँ
मिरी ज़बाँ पे
तुम्हारे अश्कों का जो नमक था
वो पानियों में बदल रहा है
तुम्हारी बाँहों का
मेरी बाँहों में
लम्स[5] था जो
वो सर्दियों में बदल रहा है
तुम आ भी जाओ
कि दिल को फिर से क़रार आए
सुरूर आए, ख़ुमार आए
कि ज़िंदगी में बहार आए

4. नशा 5. स्पर्श

## रौशनी का सफ़र

शाम का हलका सा धुंदलका है
एक लड़की ब्लैक स्कर्ट में
अपनी मस्ती में चलती जाती है
पिंडूलियों में चराग़ जलते हैं
एक लड़का इसी उजाले में
अपनी मन्ज़िल के ख़्वाब देखता है

## नई आस्तीन

न मेरे ज़हर में तल्ख़ी[1] रही वो पहली सी
बदन में उसके भी पहला सा ज़ायक़ा न रहा
हमारे बीच जो रिश्ते थे सब तमाम हुए
बस एक रस्म बची है शिकस्ता[2] पुल की तरह
कभी-कभार जो अब भी हमें मिलाती है
मगर ये रस्म भी इक रोज़ टूट जायेगी
अब उसका जिस्म नये साँप की तलाश में है
मिरी हवस[3] भी नई आस्तीन ढूँडती है

1. कड़वाहट 2. टूटे 3. वासना

## सेल्सगर्ल

एक बड़ा सा मार्केट है
मार्केट में एक दुकाँ है
जिस पर मैं बैठा रहता हूँ
सामने ही इक और दुकाँ है
जिसमें फूल से चेहरे वाली
इक लड़की रोज़ आती है
काउन्टर से लग जाती है
उसके तन पर रोज़ नई साड़ी होती है
कान के बाले
हाथ के कंगन
घड़ी के पट्टे
और सैन्डल
साड़ी ही के रंग से मिलते होते हैं
कभी-कभी मैं सोचता हूँ कि उससे पूछूँ
छोटी सी तन्ख़्वाह में कैसे
इतना सब कुछ होता होगा
फिर ये सोच के रुक जाता हूँ
पूछूँगा तो ठेस लगेगी
खुशियाँ नाज़ुक होती हैं
मर जाएँगी

## कभी तुमने कहा था

मैं अगर तुमसे ख़फ़ा हो जाऊँ
तुम मना लेना मुझे
रूठने और मनाने में मुहब्बत है बड़ी
कच्चे धागों की तरह होता है दिल का रिश्ता
देखो टूटे न ये चाहत की लड़ी
तुम मना लेना मुझे
कम लगूँ मैं जो कहीं से तुमको
तुम मिरे कम को मुकम्मल करना
धूप को छाँव मिरी प्यास को बादल करना
तुम कभी मेरे लिए चाँद-सितारा लेने
दूर मत जाना कहीं
क्युँकि तुममें ही मिरा चाँद भी तारा भी है
आसमाँ तुम हो मिरे
मुझको बाज़ार के गहनों की जरूरत क्या है
मेरे चाँदी मिरे सोना हो तुम
मेरी आँखों के लिए ख़्वाब सलोना हो तुम
तुम भरोसा हो मिरा
तुम भरोसा हो मिरा अपनी हिफ़ाज़त करना
कुछ भी हो जाए मगर मुझसे मुहब्बत करना
ज़िन्दगी किसकी समझ में आई
हाँ मगर जितनी समझ में आए
तुम मुझे उतनी बताते रहना
वक़्त गर राह बदल दे तो भी
अपने हमराह चलाते रहना
मेरी आँखों में दिये अपने जलाते रहना
साथिया साथ निभाते रहना

## बेवफ़ा मुहब्बत

मैंने जो फूल सजाया था तेरी जुल्फ़ों में
उसकी ख़ुश्बू से कोई और महकता होगा
मैंने जो चाँद उगाया था तेरे माथे पर
उसके साये में कोई और चमकता होगा
जिनपे लिक्खा था मिरा नाम उन्हीं होंटों पर
अब किसी और की उलफ़त के तराने होंगे
जिनमें रहते थे मिरे ख़्वाब उन्हीं आँखों में
अब किसी और की चाहत के फ़साने होंगे
तेरा चेह्रा जो खिला करता था मेरी ख़ातिर
अब किसी और की नज़रों का नज़ारा होगा
जिस्म तेरा मिरी बाँहों में जो मचला था कभी
अब किसी और की बाँहों का सहारा होगा
मुझको मालूम हुआ बाद में मजबूर थी तू
साथ देने को किसी और का मजबूर थी तू
इससे अच्छा था कि हम दोनों कहीं खो जाते
ज़ह्र पी लेते हमेशा के लिए सो जाते
मैं तो मारा गया दुनिया से बग़वत करके
तुझसे ये भी नहीं हो पाया मुहब्बत करके
ग़ैर की होके हया भी नहीं आई तुझको
सच तो ये है कि वफ़ा ही नहीं आई तुझको

## ख़यालों का जहाँ

जो तुम मिलो तो बताऊँ तुमको
कि नींद आँखों से खो गई है
मिरे तड़पते मचलते दिल को
तुम्हारी आदत सी हो गई है

जो तुम सुनो तो सुनाऊँ तुमको
ये शोर सा है जो दिलके अन्दर
तुम्हारी उल्फ़त में ख़ूने-दिल से
ग़ज़ल जो लिक्खी है मैंने तुमपर
क़रीब आओ तो गुनगुनाऊँ
मैं तुमको अपनी ग़ज़ल सुनाऊँ

जो तुम कहो तो दिखाऊँ तुमको
जो ख़्वाब पलकों के दरमियाँ हैं
ज़मीं के दामन से आसमाँ तक
तुम्हारी चाहत की दास्ताँ हैं
कहीं पे ज़ाहिर कहीं पे गुम हो
मिरे ख़यालों में तुम ही तुम हो

## बुख़ार

मैं डॉक्टर भी हूँ अपना मरीज़ भी मैं ही
बुख़ार तेज़ है और वो भी रात का है समय
न बाज़ू वाले मकानों में टीवी चलता है
न रोड पर कोई आवाज़ ही उभरती है
न आस-पास पुलिस चौकी के पुलिसवाले
हैं ख़ाली-ख़ाली से फुटपाथ लारियाँ भी नहीं
किसे तलाश करूँ और सदाएँ दूँ किसको
यहाँ पे कोई नहीं एक मैले जग के सिवा
पुरानी लुँगी के टुकड़े हैं बासी पानी में
मैं अपने हाथों से अपने दहकते माथे की
पलंग पे लेटा हुआ पट्टियाँ बदलता हूँ

## बेज़बान मुहब्बत

मैं कर रहा हूँ तिरा इन्तिज़ार बरसों से
तिरे लिए है मिरे दिल में प्यार बरसों से
तुझे भी प्यार है मुझसे ये जानता हूँ मैं
तिरा क़रार है मुझसे ये जानता हूँ मैं
मगर तू प्यार का इज़हार क्युँ नहीं करती
मिरी तरह कभी इक़रार क्युँ नहीं करती
मैं सोचता हूँ तुझे बारहा तख़य्युल में
मैं देखता हूँ तुझे बारहा तसव्वुर में
तू मुझसे मिलने पे करती है खुद को आमादा
मगर हैं दिल में तिरे उलझनें बहुत ज़्यादा
तू फिर भी ख़ुद में बड़ी हिम्मतें जुटाती है
फिर आइने में खड़ी होके मुस्कुराती है
धड़कते दिल से मुहब्बत के वादे करती हुई
तू अपने-आप में क्या क्या इरादे करती हुई
बहाना करके कोई घर से तू निकलती है
मिरा ख़याल लिये मेरी सिम्त चलती है
ये सोचती है कि तू आज मुझसे मिल लेगी
जो दिल में है उसे अपनी ज़बाँ से कह देगी
मगर ज़बान तिरा साथ दे नहीं पाती
तू अपना हाथ मिरे हाथ दे नहीं पाती
तू कपकपाते लबों में बिखर सी जाती है
मिरे क़रीब से होके गुज़र सी जाती है

## ख़्वाब भटकाते हैं

मैं दिल दयार की पगडन्डियों पे चलता रहा
इक ऐसे ख़्वाब की ताबीर[1] ढूँडने के लिए
वो ख़्वाब, जिसका बदन मौज है रवानी है
वो ख़्वाब, जिसका बदन हुस्न है जवानी है
वो ख़्वाब, जिसका तबस्सुम[2] है अधखिले गुनचे[3]
वो ख़्वाब, जिसके तरन्नुम[4] में बहते हैं झरने
वो ख़्वाब, होंट हैं जिसके भरे-भरे बादल
वो ख़्वाब, जुल्फ़ है जिसकी उड़े-उड़े आँचल
वो ख़्वाब, सात समुन्दर हैं जिसकी आँखों में
वो ख़्वाब, ज़ख़्म के मरहम हैं जिसकी बातों में
वो ख़्वाब, जिसकी सदाएँ हैं ख़ुश्बुओं जैसी
वो ख़्वाब, जिसकी निगाहें हैं जुगनुओं जैसी
वो ख़्वाब, ऐसा नूरानी[5] कि जैसे सुब्ह कोई
वो ख़्वाब, सांवला ऐसा कि जैसे शाम कोई
वो ख़्वाब, जिसके तसव्वुर से प्यार है मुझको
वो ख़्वाब, जिसका तख़य्युल[6] क़रार[7] है मुझको
मैं दिल दयार की पगडन्डियों पे चलता रहा
क़दम-क़दम पे चरागों की तर्ह जलता रहा
मगर मिला न कोई मेरे ख़्वाब के जैसा
मैं दिल दयार की पगडन्डियों पे चलता रहा

1. स्वप्न फल 2. मुस्कान 3. कलियाँ 4. सस्वर 5. आलोकित 6. कल्पना 7. चैन

# चुनिंदा अशआर

हर घड़ी चश्मे-ख़रीदार में रहने के लिए
कुछ हुनर चाहिए बाज़ार में रहने के लिए

◆

कहीं कोई है जो नब्ज़े-दुनिया चला रहा है वही ख़ुदा है
जो हो के ग़ायब कमाल अपने दिखा रहा है वही ख़ुदा है

◆

परों को खोल ज़माना उड़ान देखता है
ज़मीं पे बैठके क्या आसमान देखता है

कनीज़ हो कोई या कोई शाहज़ादी हो
जो इश्क़ करता है कब ख़ानदान देखता है

◆

अपनी मन्ज़िल पे पहुँचना भी, खड़े रहना भी
कितना मुश्किल है बड़े होके बड़े रहना भी

मसलेहत से भरी दुनिया में ये आसान नहीं
ज़िद भी कर लेना उसी ज़िद पे अड़े रहना भी

◆

मैंने देखा है जो मर्दों की तरह रहते थे
मस्ख़रे बन गए दरबार में रहने के लिए

अब तो बदनामी से शोहरत का वो रिश्ता है, कि लोग
नंगे हो जाते हैं अख़बार में रहने के लिए

मर के मिट्टी में मिलूँगा, खाद हो जाऊँगा मैं
फिर खिलूँगा शाख़ पर आबाद हो जाऊँगा मैं

तेरे सीने में उतर आऊँगा चुपके से कभी
फिर जुदा होकर तिरी फरियाद हो जाऊँगा मैं

◆

कहीं खोया ख़ुदा हमने कहीं दुनिया गंवाई है
बड़े शह्रों में रहने की बड़ी क़ीमत चुकाई है

कभी तो नूर फैलेगा तिरे काग़ज़ से दुनिया में
लिखे जा जब तलक तेरे क़लम में रोशनाई है

◆

जो चल रहा है निगाहों में मन्ज़िलें लेकर
वो धूप में भी कहाँ साएबान देखता है

मिला है हुस्न तो इस हुस्न की हिफ़ाज़त कर
संभलके चल तुझे सारा जहान देखता है

◆

टूटते रिश्ते की पोशाक का धागा हूँ मैं
अब बुनाई से उधड़ना मिरी मजबूरी है

वरना मर जाएगा बच्चा ही मिरे अन्दर का
तितलियाँ रोज़ पकड़ना मिरी मजबूरी है

काश मैं कोई नगीना नहीं पत्थर होता
क़ैद जैसा है अँगूठी में जड़े रहना भी

तुझसे बिछड़ के तेरी वफ़ा के बग़ैर भी
मैं साँस ले रहा हूँ हवा के बग़ैर भी

❖

मैं जी गया जो तेरे बिना तो अजब है क्या
ज़िन्दा हैं कितने लोग ख़ुदा के बग़ैर भी

कुछ लोग जुर्म करके भी आज़ाद हैं 'शकील'
हमको सज़ा मिली है ख़ता के बग़ैर भी

❖

चन्द हीरों को ही मिलता है चमकने का नसीब
काम सब करते हैं शोह्रत नहीं मिलती सबको

आइने सबने दुकानों में सजा रक्खे हैं
आइनों के लिए सूरत नहीं मिलती सबको

❖

बार-बार आऊँगा मैं तेरी नज़र के सामने
और फिर इक रोज़ तेरी याद हो जाऊँगा मैं

अपनी ज़ुल्फ़ों को हवा के सामने मत खोलना
वरना ख़ुश्बू की तरह आज़ाद हो जाऊँगा मैं

तन-मन डोले, बर्तन बोले, छन-छन करता तेल है पैसा
घर से बाहर तक की दुनिया जो भी है सब खेल है पैसा

जेब में आकर आँख दिखाए, मूँछ बढ़ाए, ताव धराए
लाठी खड़के, गोली तड़के, थाना-चौकी-जेल है पैसा

◆

धुआँ धुआँ है फ़ज़ा, रौशनी बहुत कम है
सभी से प्यार करो ज़िन्दगी बहुत कम है

जहाँ है प्यास वहाँ सब गिलास ख़ाली हैं
जहाँ नदी है वहाँ तिश्नगी बहुत कम है

तुम आसमान पे जाना तो चाँद से कहना
जहाँ पे हम हैं वहाँ चाँदनी बहुत कम है

◆

सवेरे निकलूँ मैं शाम आऊँ तो घर चलाऊँ
पसीना जाकर कहीं बहाऊँ तो घर चलाऊँ

जहाँ पे मरता हूँ रोज़ जीने के वास्ते मैं
वहीं से ख़ुद को बचा के लाऊँ तो घर चलाऊँ

◆

अंधेरी रातों के आँचलों में जो झिलमिलाता है नूर बनकर
जो चाँद तारों से आसमाँ को सजा रहा है वही ख़ुदा है

जो बन के बादल ज़मीं पे बरसे, ज़मीं को सींचे, उगाए सब्ज़े
जो कच्ची फ़सलों को धूप बनकर पका रहा है वही ख़ुदा है

कभी पहाड़ों की चोटियों से, कभी समुन्दर के साहिलों से
बग़ैर बोले जो अपनी जानिब बुला रहा है वही ख़ुदा है

◆

कहते हैं एक बार जिसे बद्दुआ लगी
उसको किसी दवा से बचाया न जा सका

जो रेत पर लिखे थे वो लहरों में खो गए
पत्थर पे मैं लिखा था मिटाया न जा सका

◆

ज़िन्दगी तुमसे न मुझसे ही कटेगी तन्हा
मेरे हो जाओ मुझे अपना सहारा कर लो

टूट कर चाहो मुझे दिल से मुझे याद करो
फिर जिधर चाहो उधर मेरा नज़ारा कर लो

◆

दराड़ और तिरे मेरे दरमियाँ आ जाय
तिरी तरह जो मिरे मुँह में भी ज़बाँ आ जाय

ये और बात कि ख़ुद में सिमट के रहता हूँ
उठाऊँ हाथ तो बाँहों में आसमाँ आ जाय

कमाया जैसे उसी शान से उड़ाया भी
कभी भी नोट पे हमने रबर नहीं बाँधा

सलीक़ा आया नहीं काम-काज का हमको
उठाया बोझ तो कपड़े से सर नहीं बाँधा

◆

फूल का शाख़ पे आना भी बुरा लगता है
तू नहीं है तो ज़माना भी बुरा लगता है

अब बिछड़ जा कि बहुत देर से हम साथ में हैं
पेट भर जाए तो खाना भी बुरा लगता है

◆

चल पड़ूँगा तो बहुत दूर निकल जाऊँगा
वक़्त ठहरा है अभी आ के मना ले मुझको

शोर इतना भी नहीं है कि तुझे सुन न सकूँ
दे के आवाज़ मिरे यार बुला ले मुझको

गर बिछड़ना ही मुक़द्दर है तो इससे पहले
अपनी पलकों पे ज़रा देर सजा ले मुझको

◆

गिरजों में, मस्जिदों में, शिवालों मे रह गया
इन्सान बट के कितने ख़यालों में रह गया

दुनिया का दर्द कौन समझता, किसे था वक़्त
हर शख़्स अपने-अपने कमालों में रह गया

चाँद में ढलने, सितारों में निकलने के लिए
मैं तो सूरज हूँ बुझँगा भी तो जलने के लिए

ज़िन्दगी अपने सवारों को गिराती जब है
एक मौक़ा भी नहीं देती संभलने के लिए

◆

दर्द में ख़ुद ही क़यामत का नशा होता है
ज़ख़्म रखते हो तो मयख़ानों में क्युँ रहते हो

घर का हिस्सा बनो, कुछ बोझ उठाओ घर का
मेज़बानी करो मेह्मानों में क्युँ रहते हो

◆

ज़लील कर मुझे लेकिन बहुत ज़लील न कर
ये ज़हूर मैं भी तो जाकर कहीं निकालता हूँ

ऐ मुम्बई! मैं तुझे वारता हूँ तुझ पर ही
जो तूने मुझको दिया है यहीं निकालता हूँ

◆

ऐसे मुझको मारो कि क़ातिल भी ठहरूँ मैं
आखिर ये इल्ज़ाम किसी पे धरना भी तो है

अच्छी है या बुरी है चाहे जैसी है दुनिया
आया हूँ तो कुछ दिन यहाँ ठहरना भी तो है

दूर तक ठहरा हुआ झील का पानी हूँ मैं
तेरी परछाईं जो पड़ जाए तो दरिया हो जाऊँ

आदमी बनके बहुत मैंने तुझे सजदे किए
तू ख़ुदा बन के मुझे मिल मैं फ़रिश्ता हो जाऊँ

❖

मुझपे हैं सैकड़ों इल्ज़ाम मिरे साथ न चल
तू भी हो जाएगा बदनाम मिरे साथ न चल

इश्क़ करने को कहाँ वक़्त है मज़दूर के पास
मेरे ज़िम्मे हैं बहुत काम मिरे साथ न चल

❖

तुझको सोचूँ तो तिरे जिस्म की ख़ुश्बू आए
मेरी ग़ज़लों में मुहब्बत की तरह तू आए

अब के मौसम में ये दीवार भी गिर जाए 'शकील'
इस तरह जिस्म की बुनियाद में आँसू आए

❖

ठोकरें खाते रहे एक ही पत्थर से सदा
अपना रस्ता हमें हमवार न करना आया

घर बनाने को ज़मीं कम तो न थी दुनिया में
कुछ हमें ही दरो-दीवार न करना आया

खो दिया ख़ुद को तुझे पाने की ख़ातिर मैंने
ये सफ़र मेरा इबादत से ज़ियादा कुछ था

माँ के क़दमों तले जन्नत है सुना था मैंने
और जब समझा तो जन्नत से ज़ियादा कुछ था

◆

कभी बचपन में मेरे साथ कनचे खेला करती थी
मैं अब तक हूँ वही बच्चा सियानी हो गई दुनिया

अभी कुछ देर पहले तक मिरी आँखों में चुभती थी
तिरी इक मुस्कुराहट से सुहानी हो गई दुनिया

◆

पाने से भी कुछ ज़्यादा है बात न पाने में
तेरी तलब में दिल का मचलना अच्छा लगता है

मेरा भी तो कुछ रिश्ता है चाँद-सितारों से
सूरज हूँ पर शाम को ढलना अच्छा लगता है

◆

छत दुआ देगी किसी के लिए ज़ीना बन जा
डूबता देख किसी को तो सफ़ीना बन जा

रूह तो पहले से ही पाक मिली है तुझको
दिल भी कर साफ़ ज़रा और मदीना बन जा

मुझपर ही पाँव रखकर जाते हैं सब गुज़रकर
मन्ज़िल का हूँ मैं रस्ता मैं आम आदमी हूँ

रहता हूँ थोड़ा-थोड़ा सबकी कहानियों में
मेरा न कोई क़िस्सा मैं आम आदमी हूँ

◆

बहुत फैला हूँ घटना चाहता हूँ
मैं बिखरा हूँ सिमटना चाहता हूँ

खड़ा हूँ पेड़ बनकर रास्ते में
मुझे काटो मैं कटना चाहता हूँ

◆

पलट के देखा तो वो था न उसका साया था
किसी ने मुझको बहुत दूर से बुलाया था

उसी को सोच के रोई हैं बारहा आँखें
उसी को देख के इक बार मुस्कुराया था

◆

मेरी बुनियाद को तामीर से पहचाना जाय
मुझको उजलत नहीं ताख़ीर से पहचाना जाय

मैं कई शक्ल में रहता हूँ बदन पर अपने
मेरा चेहरा मिरी तहरीर से पहचाना जाय

तमाम शहूर सुने मुझको तेरे होंटों से
तिरे सिवा मैं किसी और पर खुलुँ भी नहीं

न जाने टूट के गिर जाये कब सरों पे 'शकील'
कि आसमाँ की इमारत में इक सुतूँ भी नहीं

◆

ख़ुद को इतना भी मत बचाया कर
बारिशें हों तो भीग जाया कर

चाँद लाकर कोई नहीं देगा
अपने चेहूरे से जगमगाया कर

◆

इक बार अपने दिल की सदा पर निकल पड़े
पाबन्दियों में फिर हमें रहना नहीं पड़ा

हम जब उदासियों से मिले मुस्कुरा दिए
ग़म को ख़ुशी बना लिया, सहना नहीं पड़ा

◆

तलाश तुमको ही करनी हैं मन्ज़िलें अपनी
हमारा काम है बस रास्ता बताने का

सभी थे भूले हुए अपने-अपने चेहूरे को
सो हमने जुर्म किया आइना दिखाने का

बुझ गईं आँखें मिरी, हर रंग सादा हो गया
तकते-तकते राह तेरी चाँद आधा हो गया

अब कहाँ रंगीन कपड़े, अब कहाँ बालों में फूल
हो गया बेरंग वो भी मैं भी सादा हो गया

◆

हमसफ़र होने का दर्जा जो नहीं दे सकता
अपने रस्ते का तू सामान बना ले मुझको

जान दे दूँगा मिरी जान हिफ़ाज़त में तिरी
तू जो दिल्ली है तो सुलतान बना ले मुझको

◆

हम खिले तो हवाओं ने बिखरा दिया
हम जले तो बुझाने की साज़िश हुई

◆

जो परिन्दे मिरी आँखों से निकल भागे थे
उनको लफ़्ज़ों में गिरफ़्तार किया है मैंने

जानता हूँ कि मुझे क़त्ल किया जाएगा
ख़ुद को सच कहके गुनहगार किया है मैंने

◆

मिट गए उसके निशाँ राहों से
वो मगर आँख से ओझल न हुआ

बिक गए दाम घटा कर कुछ लोग
और मैं सोने से पीतल न हुआ

◆

सर पे सूरज लिए खड़ा हूँ मैं
अपनी परछाईं से बड़ा हूँ मैं

किसी पत्थर से टूटता भी नहीं
जाने किस फ्रेम में जड़ा हूँ मैं

◆

पता चले कि मिरा शह्र कितना बेहिस है
फ़ज़ा में ज़ह्र किसी रोज़ घोल कर देखूँ

तू ज़िन्दगी है तो हो जाऊँ मैं फ़ना तुझमें
तू फ़िल्म है तो कोई मैं भी रोल कर देखूँ

◆

कमा के पूरा किया जितना भी ख़सारा था
वहीं से जीत के निकला जहाँ मैं हारा था

कहानी सुनते हुए बुझ गई थीं सब आँखें
जो जल रहा था मिरे साथ इक सितारा था

ज़िन्दगी की नई उड़ान थे हम
अपनी मिट्टी में आसमान थे हम

चाँद ने रात घर पे दस्तक दी
रात भर उसके मेज़बान थे हम

❖

ख़ुदा करे कि नई नस्ल उससे दूर रहे
वो दुश्मनी जो तिरे मिरे ख़ानदान में थी

ज़रा सा और था टीलों के रास्तों का सफ़र
फिर उसके बाद हर इक रहगुज़र ढलान में थी

❖

ये बेवफ़ाई तो पहले से मेरे ध्यान में थी
वो दाग़ दे कि जिसे उम्र भर मैं धो न सकूँ

तिरा बयान किसी नज़्म में करूँगा कभी
ग़ज़ल की आँख में शायद तुझे समो न सकूँ

❖

जाने किस मोड़ पे ये वह्म हक़ीक़त बन जाय
मेरे पीछे कोई साया सा लगा हो जैसे

फ़िक्र मेरी किसी मज़दूर के घर की चौखट
जिस्म मेरा कहीं रस्ते में पड़ा हो जैसे

नाउमीदी में उमीदों का सफ़र जारी है
फूल की चाह में काँटों का सफ़र जारी है

अब भी कुछ ख़्वाब भटकते हैं खुली सड़कों पर
अब भी टूटे हुए रिश्तों का सफ़र जारी है

◆

हमसे मिलना है तो क़रीब से मिल
या तअल्लुक़ में दूरियाँ रख दे

अब जवानी हिसाब माँगती है
मेरे चेहरे पे झुर्रियाँ रख दे

◆

जाने किस तर्ह मुहब्बत के पयाम आते थे
कोई काग़ज कोई तहरीर नहीं थी पहले

◆

छोटे-छोटे रास्ते शहरों में जाकर खो गए
गाँव अपने साथियों की राह तकता रह गया

नाव काग़ज़ की न अबके छपकियाँ बच्चों की थीं
बाढ़ का पानी गली में यूँही बहता रह गया

◆

ख़्वाब देखो, कोई ख़्वाहिश तो करो
जीना आसान है, कोशिश तो करो

लोग मरहम भी लगायेंगे 'शकील'
पहले ज़ख़्मों की नुमाइश तो करो

◆

अब कोई चीज़ नहीं चुभती मिरे तलवे में
पाँव ही पाँव का पापोश हुआ जाता है

कुछ तो रफ़्तार भी कछुवे की तरह है अपनी
और कुछ वक़्त भी ख़रगोश हुआ जाता है

◆

गुज़र गईं जब आँधियाँ तो कुछ नहीं मिला कहीं
पता भी कुछ न चल सका कहाँ-कहाँ चराग़ थे

ये और बात तीरगी ने काम अपना कर दिया
ये और बात तेरे-मेरे दरमियाँ चराग़ थे

◆

खूब हँगामा भी हो जाँ भी सलामत रह जाय
ज़हर अब इश्क़ में इस तर्ह पिया जाता है

घर की पिक्चर में कई रोल अदा करती है माँ
खाना भी बनता है कपड़ा भी सिया जाता है

सनक गई है वो भी हमसे मिलकर कुछ
हम भी दाढ़ी मूँछ बढ़ाए रहते हैं

प्यार का ख़त हर बार नया ही लगता है
शब्द भले ही पढ़े-पढ़ाए रहते हैं

◆

अब जियें किसके लिये और पियें किसके लिये
लड़खड़ाने को सहारा भी नहीं है कोई

क्या पता कौन सा रस्ता है हमारी ख़ातिर
किस तरफ जायें इशारा भी नहीं है कोई

◆

इबादतों में भी रिश्ता रहा गुनाहों से
कभी फ़रिश्ता कभी आदमी के साथ रहे

जो सीधी राह चले उनको ज़िन्दगी न मिली
भटक गये जो वही ज़िन्दगी के साथ रहे

◆

आगे परियों का देस हो शायद
दूर तक राह में चमेली है

अब भी सोते में ऐसा लगता है
सर के नीचे तिरी हथेली है

अपनी ही शक्ल में रहने पे बज़िद है लोहा
देखिये क्या हो हथोड़ा भी नहीं रुकता है

रास्ता है कि पुकारे ही चला जाता है
मैं भी थकता नहीं घोड़ा भी नहीं रूकता है

◆

छाँव में रह के मिरी प्यास न मर जाए कहीं
ज़ख्म भर जाने से अहसास न मर जाए कहीं

घोंसला देख के जागी है मकाँ की ख़्वाहिश
सोचता हूँ मिरा बनबास न मर जाए कहीं

◆

तुम क्या मिले कि हम भी ग़ज़लयार हो गए
दो चार शेर कह के ज़मींदार हो गए

खेतों में ईंट बोने का दस्तूर चल पड़ा
अब छोटे मोटे गाँव भी बाज़ार हो गए

◆

मिलती जो आबो-हवा छोड़ के क्युँ जाते हम
अपनी मिट्टी को ही ज़रख़ेज़ नहीं कर लेते

खुश अगर होते तो मयखाने में क्युँ आते हम
आप ही आप को लबरेज़ नहीं कर लेते

देर तक करते हैं तेरी गुफ़्तगू
ऐश्ट्रे, व्हिस्की की बोतल और मैं

टूटते रहते हैं मिट्टी के लिये
फूल, खुश्बू, रंग, बादल और मैं

❖

किसी भी खेत पे बरसे, कहीं का हो जाए
खुदा करे कि ये बादल ज़मीं का हो जाए

मैं उसके जिस्म का सब ज़हर पी के मर जाऊँ
अगर वो साँप मिरी आस्तीं का हो जाए

❖

कई आँखों में रहती है कई बांहें बदलती है
मुहब्बत भी सियासत की तरह राहें बदलती है

इबादत में न हो गर फायदा तो यूँ भी होता है
अक़ीदत हर नई मन्नत पे दरगाहें बदलती है

# फ़िल्मी नग़मे

# ਸਿਫ਼ਤ ਮਿਨਤੀ

## धोखा 2007

अंजाना दिल क्या जाने, बेगाना दिल क्या जाने
डर जाता है क्यों पाके ख़ुशीयाँ
ये जो मैं बेक़रार हूँ, हर लम्हा इश्क़ तो नहीं
ये जो मुझे बेख़ुदी सी है, तू जैसे मुझमे है कहीं
कभी बाहों में है दुनिया
कभी ख़ाली-ख़ाली राहें
कभी भरता है दिल ठन्डी-ठन्डी आहें
कभी आँखों में हैं सपने
कभी पलकों पे हैं आँसू
ये इश्क़ दिखाए कैसे-कैसे जादू
कभी धूप कभी बरसातें
कभी तन्हा-तन्हा रहतें
मौसम हैं कितने आते-जाते इन वफाओं के
अंजाना दिल क्या जाने, बेगाना दिल क्या जाने
डर जाता है क्यों पाके ख़ुशीयाँ
ये जो मैं बेक़रार हूँ, हर लम्हा इश्क़ तो नहीं
ये जो मुझे बेख़ुदी सी है, तू जैसे मुझमे है कहीं
मिलना है पल दो पल का, फिर लम्बी है तन्हाई
परछाईं से कट जाती है परछाईं
खो जाता है वो चेहरा, बस आती हैं आवाज़ें
दिल करता है ख़ुद से ही अक्सर बातें
वही फीकी सुब्हें, वही बोझल-बोझल शामें
मौसम हैं कितने आते-जाते इन वफाओं के
अंजाना दिल क्या जाने, बेगाना दिल क्या जाने
डर जाता है क्यों पाके ख़ुशीयाँ
ये जो मैं बेक़रार हूँ, हर लम्हा इश्क़ तो नहीं
ये जो मुझे बेख़ुदी सी है, तू जैसे मुझमे है कहीं

## मदहोशी 2004

ओ जाने जानाँ
ओ जाने जानाँ
ओ जाने जानाँ
है साँस जब तक, तुम्हें मोहब्बत करेंगे जानाँ
ओ जाने जानाँ
करीब आओ तुम्हारी तन्हाइयाँ चुरा लूँ
धड़कते दिल से तुम्हारी बेताबियाँ चुरा लूँ
तुम्हारी आँखों में सात रंगों के ख़्वाब रख दूँ
तुम्हारे होंटों पे चाहतों के गुलाब रख दूँ
ओ जाने जानाँ
ओ जाने जानाँ
ओ जाने जानाँ
है साँस जब तक तुम्हें मोहब्बत करेंगे जानाँ
बना लो अपना कि दूर तुमसे न रह सकेंगे
अब एक पल भी ग़मे-जुदाई न सह सकेंगे
निगाहें प्यासी हैं मुद्दतों की ख़ुमार दे दो
गले लगा के हमें वो पहला सा प्यार दे दो
ओ जाने जानाँ
ओ जाने जानाँ
ओ जाने जानाँ
है साँस जब तक, तुम्हें मोहब्बत करेंगे जानाँ
ओ जाने जानाँ

## ज़हर 2005

ऐ बेख़बर ऐ बेख़बर
ऐ बेख़बर ऐ बेख़बर
मिरा दिल तिरे प्यार में आह भरे
ऐ बेख़बर ऐ बेख़बर
तुझे याद करे फ़रियाद करे
ऐ बेख़बर ऐ बेख़बर
मिरा दिल तिरे प्यार में आह भरे
तुझे याद करे फ़रियाद करे
कभी तू भी प्यार से देख ज़रा
मिरे दिल को इक नज़र
ऐ बेख़बर ऐ बेख़बर
तुझे पता क्या कि मेरे दिल में
है तेरी ख़ातीर जुनून कितना
मैं अपने बारे में रूक के सोचूँ
नहीं है अब तो सुकून इतना
जीता हूँ मगर जीता भी नहीं
मरता हूँ मगर मरता भी नहीं
तिरे ग़म में फ़ना होने के लिए
पीता हूँ मैं ज़हर
ऐ बेख़बर ऐ बेख़बर
ऐ बेख़बर ऐ बेख़बर
दबा हुआ था जो मेरे सीने में

तुझको देखा तो दर्द उभरा
किसी भी मरहम से भर न पाया
तिरी जुदाई का ज़ख़्म गहरा
सीने में प्यार मचलता है
आँखों से दर्द छलकता है
साहील की तरह काटे मुझको
चाहत की हर लहर
ऐ बेख़बर ऐ बेख़बर
ऐ बेख़बर ऐ बेख़बर

## ई एम आई 2008

चोरी-चोरी देखे मुझको हर दीवाना
चुपके-चुपके माँगे मुझसे दिल नज़राना
चोरी-चोरी देखे मुझको हर दीवाना
चुपके-चुपके माँगे मुझसे दिल नज़राना
हाय अल्लाह, मुझमें है कशिश कैसी
कैसी है अदा
सारा आलम मुझपे फिदा
मेरी ही निगाहों का सब पे है नशा
सारा आलम मुझपे फिदा
चोरी-चोरी देखे मुझको हर दीवाना
चुपके-चुपके माँगे मुझसे दिल नज़राना
मेरे हैं मस्ताने कितने, इक शम्मा परवाने कितने
सबकी है मुझपे ही नज़र
लेकिन मैं माशूक़ा किसकी, जाने जाँ महबूबा किसकी
ये तो है मुझको ही ख़बर
मेरा जादू, जादू
छाया है, महफ़ील में
दिलवालों पे, मतवालों पे
चोरी-चोरी देखे मुझको हर दीवाना
चुपके-चुपके माँगे मुझसे दिल नज़राना
हाय अल्लाह, मुझमें है कशिश कैसी

कैसी है अदा
सारा आलम मुझपे फिदा
मेरी ही निगाहों का सब पे है नशा
सारा आलम मुझपे फिदा
चोरी-चोरी देखे मुझको हर दीवाना
चुपके-चुपके माँगे मुझसे दिल नज़राना
लाखों में पहचाना जाए, ऐसा इक शहज़ादा आए
भर ले जो बाहों में मुझे
ख़्वाबों की सौग़ातें देके, मीठी-मीठी बातें करके
ले-ले पनाहों में मुझे
मुझे छूले, छूले
आँखों से, होंटों से
चाहत का हुँ मैं पैमाना
चोरी-चोरी देखे मुझको हर दीवाना
चुपके-चुपके माँगे मुझसे दिल नज़राना
चोरी-चोरी देखे मुझको हर दीवाना
चुपके-चुपके माँगे मुझसे दिल नज़राना
हाय अल्लाह, मुझमें है कशिश
कैसी, कैसी है अदा
सारा आलम मुझपे फिदा
मेरी ही निगाहों का सब पे है नशा
सारा आलम मुझपे फिदा
चोरी-चोरी देखे मुझको हर दीवाना
चुपके-चुपके माँगे मुझसे दिल नज़राना

## लाइफ़ एक्सप्रेस 2010

थोड़ी सी कमी रह जाती है
थोड़ी सी कमी रह जाती है
खिलते हैं चेहरे हँसती हैं आँखें
फिर भी नमी रह जाती है
थोड़ी सी कमी रह जाती है
थोड़ी सी कमी रह जाती है
खुशियों के लम्हे आते हैं मिलने
मिलके निकल जाते हैं कहीं
आँखों में पलके जज़्बो को छलके
सपने पिघल जाते हैं कहीं
शीशे पे दिल के वक़्त के ग़म की
गर्द जमी रह जाती है
थोड़ी सी कमी रह जाती है
थोड़ी सी कमी रह जाती है
रातों का ढ़लना दिन का निकलना
ले के उम्मीदें आए सवेरा
कितनी उमंगें कितनी तरंगें
करती हैं आके दिल में बसेरा
उड़ता जो मन है मिलता गगन है
लेकिन ज़मी रह जाती है
थोड़ी सी कमी रह जाती है
थोड़ी सी कमी रह जाती है

## मदहोशी 2004

ऐ ख़ुदा तूने मोहब्बत ये बनाई क्यों है
ऐ ख़ुदा तूने मोहब्बत ये बनाई क्यों है
गर बनाई तो मोहब्बत में जुदाई क्यों है
गर बनाई तो मोहब्बत में जुदाई क्यों है
क्यों दिया प्यार मुझे इसकी ज़रूरत क्या थी
मेरी बरबादी में शामिल तिरी हिक्मत क्या थी
मेरी राहों में तो ख़ुश्बू का सफ़र रहता था
दिल में आबाद गुलाबों का नगर रहता था
ज़िंदगी ख़ार भरी राह में लाई क्यों है
ऐ ख़ुदा तूने मोहब्बत ये बनाई क्यों है
ऐ ख़ुदा तूने मोहब्बत ये बनाई क्यों है
मैं अगर रोऊँ तो सहरा को समन्दर कर दूँ
सख़्त हो जाऊँ अगर मोम को पत्थर कर दूँ
राख हो जाए जहाँ में जो अगर आह भरूँ
आसमाँ टूट पड़े तुझसे जो फरियाद करूँ
इतनी गहराई मिरे इश्क़ में आई क्यों है
इतनी गहराई मिरे इश्क़ में आई क्यों है
ऐ ख़ुदा तूने मोहब्बत ये बनाई क्यों है
गर बनाई तो माहेब्बत में जुदाई क्यों है

## हॉन्टेड 3D 2011

जिस्म से रूह तक, हैं तुम्हारे निशाँ
बन गए तुम मिरी ज़िन्दगी
जिस्म से रूह तक, हैं तुम्हारे निशाँ
बन गए तुम मिरी ज़िन्दगी
जब से तुम हो मिले, जानो दिल हैं खिले
तुमसे वाबस्ता है हर ख़ुशी
तुम हो मेरा प्यार तुमसे है क़रार
तुमको ही बसाया मैंने यादों में
तुमसे है नशा तुमसे है ख़ुमार
तुमको ही सजाया मैंने ख़्वाबों में
तुम हो मेरा प्यार तुमसे है क़रार
तुमको ही बसाया मैंने यादों में
जब मिले नहीं थे तुम
न थीं खुशीयाँ ना ग़म
तुम मिले तो बदले ज़िन्दगी के ये मौसम
सुन रहा है जो दुआ
मिरा रब है तुझमें
हर जगह था कुछ कम
मिला मुझे सब तुझमें
रात दीन देखना तुझको आदत मिरी
यूँ तुझे चाहना है इबादत मिरी
तुम हो मेरा प्यार तुमसे है क़रार

तुमको ही बसाया मैंने यादों में
तुमसे है नशा तुमसे है ख़ुमार
तुमको ही सजाया मैंने ख़्वाबों में
तुम हो मेरा प्यार तुमसे है क़रार
तुमको ही बसाया मैंने यादों में
आँखें सहरा मेरी तू है भीगा इक बादल
मेरी ख़्वाहिशों में तू तेरे लिये मैं पागल
तू है बहती नदी डूबा डूबा मैं साहिल
मैं हूँ तुझमें फ़ना तूही मेरा है हासिल
जब से तू ओ सनम मेरी बाँहों में है
इक उजाला सा दिल की पनाहों में है
तुम हो मेरा प्यार तुमसे है क़रार
तुमको ही बसाया मैंने यादों में
तुमसे है नशा तुमसे है ख़ुमार
तुमको ही सजाया मैंने ख़्वाबों में
तुम हो मेरा प्यार तुमसे है क़रार
तुमको ही बसाया मैंने यादों में

## 1920 : ईविल रिटर्न्स 2012

तुम भी तन्हा थे
हम भी तन्हा थे
मिलके रोने लगे
तुम भी तन्हा थे
हम भी तन्हा थे
मिलके रोने लगे
एक जैसे थे दोनों के ग़म दवा होने लगे
तुझमे मुस्कुराते हैं
तुझमें गुनगुनाते हैं
ख़ुद को तिरे पास ही छोड़ आते हैं
तेरे ही ख़यालों में
डूबे डूबे जाते हैं
ख़ुद को तिरे पास ही छोड़ आते हैं
थोड़े भरे हैं हम थोड़े से ख़ाली हैं
तुम भी हो उलझे से हम भी सवाली हैं
कुछ तुम भी कोरे हो कुछ हम भी सादे हैं
इक आसमाँ पर हम दो चाँद आधे हैं
कम है ज़मीं भी थोड़ी कम आसमाँ है
लगता अधूरा तुम बिन हर जहाँ है
अपनी हर कमी में हम अब तुझे ही पाते हैं
ख़ुद को तिरे पास ही छोड़ आते हैं
जितनी भी वीरानी है तुझसे ही सजाते हैं

ख़ुद को तिरे पास ही छोड़ आते हैं
दो राज़ मिलते हैं हमराज़ बनते हैं
सन्नाटे ऐसे ही आवाज़ बनते हैं
ख़मोशी में तेरी मेरी सदाएँ हैं
मेरी हथेली में तेरी दुआएँ हैं
इक साथ तेरा हो तो सौ मंज़िलें हों
तन्हाई तेरी मेरी महफ़िलें हों
हम तिरी निगाहों से ख़ुद में झिलमिलाते हैं
ख़ुद को तिरे पास ही छोड़ आते हैं
तुझसे अपनी रातों को सुब्ह बनाते हैं
ख़ुद को तिरे पास ही छोड़ आते हैं

## ज़िद 2014

ऐसा लगा मुझे पहली दफा
तन्हा मैं हो गई यारा
ऐसा लगा मुझे पहली दफा
तन्हा मैं हो गई यारा
हूँ परेशान सी मैं
अब ये कहने के लिए
तू ज़रुरी सा है मुझको ज़िंदा रहने के लिये
तू ज़रुरी
सा है मुझको
ज़िंदा रहने के लिए
ऐसा लगा मुझे पहली दफा
तन्हा मैं हो गई यारा
हूँ परेशान सी मैं
अब ये कहने के लिए
तू ज़रुरी सा है मुझको ज़िंदा रहने के लिए
धड़के आँखों में दिल मिरा
जब क़रीब आऊँ तिरे
देखूं मैं जब भी आइना
तू ही रुबरु रहे मेरे
इश्क़ की मौज में आ, आजा बहने के लिए
तू ज़रुरी सा है मुझको ज़िंदा रहने के लिए
तू ज़रुरी सा है मुझको ज़िंदा रहने के लिए

माँगूँ न कोई आसमाँ तू सितारों का जहाँ
बनजा तू मेरा हमसफ़र
न मुझे चाहिए कोई मकाँ
दिल ही काफी है तिरा मेरे रहने के लिए
तू ज़रुरी सा है मुझको ज़िंदा रहने के लिए
तू ज़रुरी सा है मुझको ज़िंदा रहने के लिए

## ज़िद 2014

साँसों को जीने का इशारा मिल गया
डूबा मैं तुझमें तो किनारा मिल गया
साँसों को जीने का इशारा मिल गया
ज़िंदगी का पता दोबारा मिल गया
तू मिला तो ख़ुदा का सहारा मिल गया
तू मिला तो ख़ुदा का सहारा मिल गया
ग़मज़दा ग़मज़दा दिल ये था ग़मज़दा
बिन तेरे, बिन तेरे, दिल ये था ग़मज़दा
आराम दे तू मुझे
बरसों का हूँ मैं थका
पलकों पे रातें लिए
तिरे वास्ते मैं जगा
मिरे हर दर्द की गहराई को
महसूस करता है तू
तिरी आँखों से ग़म तेरा
मुझे मालूम होने लगा
तू मिला तो ख़ुदा का सहारा मिल गया
तू मिला तो ख़ुदा का सहारा मिल गया
ग़मज़दा ग़मज़दा दिल ये था ग़मज़दा
बिन तेरे, बिन तेरे, दिल ये था ग़मज़दा

मैं राज़ तुझसे कहूँ हमराज़ बनजा ज़रा
करनी है कुझ गुफ्तगू
अलफ़ाज़ बनता ज़रा............(2)
जुदा जब से हुआ तेरे बिना ख़ामोश रहता हुं मैं
लबों के पास आ
अब तू मिरी आवाज़ बन जा ज़रा
तू मिला तो ख़ुदा का सहारा मिल गया
तू मिला तो ख़ुदा का सहारा मिल गया
ग़मज़दा ग़मज़दा दिल ये था ग़मज़दा
बिन तेरे, बिन तेरे, दिल ये था ग़मज़दा

## तुम बिन – 2 2016

अब कोई आस न उम्मीद बची हो जैसे
अब कोई आस न उम्मीद बची हो जैसे
तेरी फरियाद मगर मुझमें दबी हो जैसे
जागते-जागते इक उम्र कटी हो जैसे
अब कोई आस न उम्मीद बची हो जैसे
कैसे बिछड़ूँ कि वो मुझमें ही कहीं रहता है
उससे जब बचके गुज़रता हूँ तो ये लगता है
वो नज़र छुपके मुझे देख रही हो जैसे
अब कोई आस न उम्मीद बची हो जैसे
तेरी फरियाद मगर मुझमें दबी हो जैसे
वक़्त के पास लतीफे भी हैं मरहम भी है
क्या करूँ मैं कि मिरे दिल में तिरा ग़म भी है
मेरी हर साँस तिरे नाम लिखी हो जैसे
अब कोई आस न उम्मीद बची हो जैसे
तेरी फरियाद मगर मुझमें दबी हो जैसे
किसको नाराज़ करूँ किससे ख़फा हो जाऊँ
अक्स हैं दोनों मिरे किससे जुदा हो जाऊँ
मुझसे कुछ तेरी नज़र पूछ रही हो जैसे
अब कोई आस न उम्मीद बची हो जैसे
तेरी फरियाद मगर मुझमें दबी हो जैसे
रस्ते चलते हैं मगर पाँव थमे लगते हैं
हम भी इस बर्फ के मन्ज़र में जमे लगते हैं

जान बाक़ी है मगर साँस रुकी हो जैसे
अब कोई आस न उम्मीद बची हो जैसे
तेरी फरियाद मगर मुझमें दबी हो जैसे
रात कुछ ऐसे कटी है कि सहर ही न मिली
जिस्म से जाँ के निकलने की ख़बर ही न मिली
ज़िन्दगी तेज़ बहुत तेज़ चली हो जैसे
अब कोई आस न उम्मीद बची हो जैसे
तेरी फरियाद मगर मुझमें दबी हो जैसे

---

नोट : इस गीत के मुखड़े और अन्तरों की तीसरी लाइन 'तुम बिन' की ग़ज़ल से ली गई है!

## वो लम्हे 2006

सो जाऊँ मैं तुम अगर
मेरे ख़्वाबों में आओ
मेरे ख़्वाबों में आओ
खो जाऊँ मैं तुम अगर
मेरी यादों में आओ
मेरी यादों में आओ
जागी नज़र में सोई नज़र में
हर पल सनम तुम झिलमिलाओ
सो जाऊँ मैं तुम अगर
मेरे ख़्वाबों में आओ
मेरे ख़्वाबों में आओ
खो जाऊँ मैं तुम अगर
मेरी यादों में आओ
मेरी यादों में आओ
मेरी खुशी में शामिल रहो तुम
इस ज़िन्दगी में शामिल रहो तुम
यूँ तो हैं लाखों अरमान दिल में
महफ़िल में जाने-महफ़िल रहो तुम
होटों से मेरे शाम सवेरे
यूँही सनम तुम मुस्कुराओ
सो जाऊँ मैं तुम अगर
मेरे ख़्वाबों में आओ

मेरे ख़्वाबों में आओ
खो जाऊँ मैं तुम अगर
मेरी यादों में आओ
मेरी यादों में आओ
बन के सितारा आँखों में चमको
इन आती-जाती साँसों में महको
बस जाओ आके तुम मेरी जाँ में
दिल बन के मेरे सीने में धड़को
तुम मुझको चाहो
बस मुझको चाहो
सारे जहाँ को भूल जाओ
सो जाऊँ मैं तुम अगर
मेरे ख़्वाबों में आओ
मेरे ख़्वाबों में आओ
खो जाऊँ मैं तुम अगर
मेरी यादों में आओ
मेरी यादों में आओ
जागी नज़र में, सोई नज़र में
हर पल सनम तुम झिलमिलाओ
सो जाऊँ मैं तुम अगर
मेरे ख़्वाबों में आओ
मेरे ख़्वाबों में आओ
खो जाऊँ मैं तुम अगर
मेरी यादों में आओ
मेरी यादों में आओ